밤에는 모든 피가 검다

Frère d'âme

Copyright © David Diop, 2018
Korean translation Copyright © HEEDAM, 2021
All Rights Reserved.

This Korean edition was published by arrangement with David Diop, represented by So Far So Good Agency through Shinwon Agency Co., Seoul.

한국어판 출판권 ⓒ 희담, 2021
이 책의 한국어판 저작권은 Shinwon Agency를 통해
David Diop와의 독점계약으로 희담에 있습니다.
신저작권법에 의해 한국 내에서 보호를 받는 저작물이므로 무단 전재와 무단 복제를 금합니다.

밤에는
모든 피가
검다

원제 : 영혼의 형제(Frère d'âme)

다비드 디옵 지음 · 목수정 옮김

희담

총명한 빛으로 가득한 눈을 가진 나의 첫 번째 독자, 아내에게,

당신의 홍채 속에 세 개의 검은 금덩이가 미소 짓고 있소.

나의 손가락 같은 내 아이들에게,

혼혈의 삶을 세상에 전해 주신 내 부모님에게.

우리는 우리의 이름으로 포옹하였다.
몽테뉴 〈우정에 관하여〉 수상록, 1부

생각하는 자, 배신한다.
파스칼 키냐르, 〈생각하다 죽다〉

나는 두 개의 목소리다. 하나의 목소리는 멀어져가고,
또 다른 하나는 커져간다.
체이크 아미두 케인, 〈모호한 위험〉

차례

1부_밤에는 모든 피가 검다　　11

2부_악마(Dëmm) 군인　　37

3부_일곱 개의 손들　　73

4부_영혼의 형제　　109

5부_나의 이름은　　175

옮긴이의 말　　201

1부

밤에는 모든 피가 검다

I

 - … 나는 안다. 나는 알고 있다. 난 그러지 말았어야 했다. 나, 알파 니아이^{Alfa Niaye}, 노인의 아들은 그러지 말았어야 했다. 잘 알고 있다. 신의 진실로 말하노니, 이제는 알고 있다. 내 생각은 오직 내게 속하는 것이며, 나는 내가 원하는 대로 생각할 수 있다. 하지만 그게 무엇인지는 말하지 않을 것이다. 내 비밀스러운 생각을 말할 수 있었던 모든 사람, 흉한 상처를 입거나, 불구가 되거나, 배에 칼을 맞은 나의 전우들은 진정 나를 알지 못했다. 그들이 천국에 이르는 걸 본다면 신은 아마도 수치스러워했을 테고, 지옥에 들어서는 걸 본다면 악마는 기뻐했을 그이들은 내가 진정 어떤 존재인지 알지 못했을 것이다. 살아

남은 자들은 아무것도 알 수 없을 것이다. 내 늙은 아버지도 아무것도 모를 것이다. 어머니가 여전히 살아 계신다면, 그녀 또한 아무것도 알아챌 수 없을 거다. 부끄러움의 무게는 내 죽음의 무게에 더해지지 않을 터이다. 그들은 내가 무엇을 생각했고, 뭘 행했는지, 전쟁이 어디까지 나를 끌고 갔는지 상상조차 할 수 없기 때문이다. 신의 진실로 말하노니, 내 가족의 명예는 무사할 것이다. 적어도 허울뿐인 명예만은 남을 것이다.

나는 안다. 나는 알고 있다. 그러지 말았어야 했다는 걸. 과거의 세계였다면, 나는 감히 그리할 수 없었을 것이다. 하지만 오늘의 세상에서 신의 진실로 말하노니, 나는 생각할 수 없는 행위를 저질렀다. 그 행위를 금하는 어떤 목소리도 내 머릿속에서 울려 퍼지지 않았다. 내 조상들의 목소리, 내 부모들의 음성은 내가 마침내 저지르고 만 그 행위를 하고자 했을 때, 침묵을 지켰다. 마뎀바 디옵^{Mademba Diop}이 죽던 날은 그렇게 다가왔다. 아무 예고도 없이, 금속 빛 하늘로부터 내 머리 위에 갑자기 떨어진 거대한 전쟁의 씨앗과도 같았다.

아! 마뎀바 디옵, 내 형제보다 가까운 그는 너무 긴 시간 동안 죽어 갔다. 아침부터 다음 날 새벽까지, 그리고 다시 해 질 녘까지, 그것은 너무나도 힘든 일이었다. 그의 내장은 몸 밖으로 흘러나왔다. 백정의 칼에 희생된 후 해체된 양처럼, 그는 떨고 있었다. 다른 동료들이 참호라 부르는 땅의 갈라진 상처 속에 몸을 숨기고 있는 동안, 나는 마뎀바 옆에 누운 채 머물러 있었다. 그는 왼손으로 내 오른손을 꽉 쥐고 있었고, 내 시선은 포화의 흔적으로 얼룩져 차갑게 식어가는 푸른 하늘을 향하고 있었다. 그는 내게 세 번에 걸쳐 자신을 죽여달라 부탁했고, 나는 세 번 모두 거절했다. 그때는 내가 모든 것을 스스로 생각할 수 있다는 것을 나 자신에게 허락하기 전이었다. 그때의 내가 오늘의 나였다면, 그가 처음 부탁했을 때 나는 그를 죽였을 것이다. 그의 머리는 나를 향했고, 나의 오른손은 그의 왼손을 쥐고 있었다.

신의 진실로 말하노니, 당시의 내가 지금의 나와 같은 존재였다면, 나는 우정을 위해 제단에 바쳐진 양처럼 그의 목을 내리쳤을 것이다. 하지만 나는 그때, 내 늙은 아버지와 내 어머니 그리고 나의 내면에서 내게 명령하는 목소리에 귀 기울이며, 그가 견디고 있는 고통의 가시철사를 잘라주지 못했다. 나는 내 친형제 같은 오랜 죽마고우 마뎀바에게 인간적이지 못했다. 나는 의무감이 시키는 대로 따랐다. 나는 쓸모없는 생각이 시키는 대로 그에게 행했다. 의무감이 지시하는 생각, 인간의 법이 존중하고 권장하는 생각대로 했을 뿐, 그에게 인간적인 태도를 취하지 못했다.

신의 진실로 말하노니, 나는 마뎀바가 어린아이처럼 울도록 내버려 두었다. 그가 세 번째로 자기 삶을 끝내 달라고 내게 간청했을 때, 그는 민물 뱀처럼 끈적이는 자신의 흩어진 창자를 모으려고 오른손으로 땅을 더듬고 있었다. 그는 내게 말했다.

"신의 은총으로, 우리의 위대한 성인의 이름으로, 네가 나의 형제라면, 알파, 네가 진정 내가 생각하는 그 사람이라면, 제발 희생된 양처럼 나의 목을 쳐줘. 죽음의 사자가 내 몸을 갈가리 찢도록 내버려 두지 마. 나를 이 모든 고통 속에 버려두지 마. 알파 니아이… 알파…. 제발… 나를 죽여줘!"

그러나 바로 그가 우리의 위대한 성인을 언급했기 때문에, 바로 그 때문에, 나는 인간의 율법과 우리 조상들의 율법을 거역할 수 없었다. 나는 인간적이지 못했다. 나는, 내 친형제보다 가까운 어린 시절의 친구 마뎀바가 눈물 흘리며, 애써 흩어진 창자들을 모아 열린 배 안으로 주워 담느라 진흙탕 속을 떨리는 손으로 더듬으며 죽어 가도록 방치했다.

아, 마뎀바 디옵! 나는 네가 마침내 눈을 감았을 때 야 비로소 진정으로 생각할 수 있었다. 네가 해 질 녘 죽음에 이르렀을 때 야 나는 비로소 알았다. 나는 더 이상 의무감을, 내게 명령하고 내게 길을 강제하는 그 목소리를 따르지 않을 것임을 알게 되었다. 그러나, 너무 늦게서야 나는 그 사실을 깨달았다.

네가 죽었을 때, 너의 손이 더 이상 움직이지 않고 평화로워졌을 때, 네가 마침내 그 더러운 고통에서 벗어났을 때, 그제야 나는 내가 기다리지 말았어야 했다는 사실을 깨달았다. 네가 나한테 부탁하자마자, 너의 눈이 아직 젖지 않았고, 네 왼손이 내 오른손을 쥐고 있던 그때, 너를 죽게 해야 했었다는 사실을 나는 너무 늦게 알았다. 너를 하이에나들에게 사정없이 물어뜯기는 외롭고 늙은 사자처럼 고통스럽게 내버려 두지 말았어야 했다. 나는 잘 포장된 고정 관념에 사로잡혀, 네가 어처구니없는 이유로 내게 간청하도록 내버려 뒀다.

아, 마뎀바! 네가 사투를 시작하던 그날 아침, 널 죽이지 못한 것을 나는 얼마나 후회했던가. 너는 내게 여전히 다정하고, 친근한 미소를 담은 목소리로 청하지 않았던가? 그 순간 너를 저세상으로 보내주는 것은 살면서 내가 너를 위해 할 수 있을, 친구 사이의 마지막 짓궂은 장난이 될 수 있었을 터였다. 영원히 우리가 친구로 남을 수 있는 방법이기도 했을 것이다. 그러나 난 널 죽이는 대신, 네가 나를 욕하고, 울부짖으며, 침 흘리고, 절규하며 미친놈처럼 오물을 갈기다 죽게 했다. 어떤 빌어먹을 인간의 법규의 이름으로, 나는 너를 잔인한 운명 속에 버려두었던 것인가? 어쩌면 내 영혼을 구하기 위해, 어쩌면 나를 기른 사람들이 내가 신과, 사람들 앞에서 존재하길 바라는 방식대로 머물기 위해서 그랬을 것이다. 그러나 네 앞에서, 마뎀바, 나는 사람 노릇을 할 수 없었다. 네가 나를 모욕하도록 놔두었다. 형제보다 더 귀한 내 친구가 나에게 소리 지르고, 모독하게 놔뒀다. 나는 아직 나 스스로 생각할 줄을 몰랐기 때문이다.

네가 사방으로 흩어진 창자를 끌어안고 숨을 헐떡이며 죽었을 때, 나의 친구, 나의 형제보다 더 귀한 동무가 죽자마자, 나는 깨달았다. 널 그렇게 버려둬선 안 됐었다는 것을….

난 네 옆에 누워 멍하니, 마지막 탄환들이 날아가며 그린 반짝이는 꼬리들이 짙푸른 하늘을 수놓는 것을 바라보았다. 고요한 정적이 피로 물든 전쟁의 땅에 내려앉자, 나는 생각하기 시작했다. 넌 하나의 죽은 고깃덩어리에 지나지 않는다고 생각하려 애썼다.

네가 떨리는 손 때문에 종일 애써도 해내지 못한 것을 나는 하려 했다. 나는 여전히 따뜻한 너의 창자들을 경건한 마음으로 모아, 성스러운 병에 담듯, 네 뱃속에 담아 놓았다. 희미한 불빛 아래서, 나는 네가 나를 향해 미소 짓는다고 믿었다. 너를 우리 참호로 데려가기로 했다. 밤공기는 차가웠다. 내 군복 상의와 셔츠를 벗어, 셔츠를 너의 몸 아래 깔고, 너의 배 위로 소매를 단단히 묶었다. 너의 검은 피로 얼룩진 두 번의 매듭을 단단히 조여 맸다. 난 너를 두 팔로 안고, 참호로 데려왔다. 나의 친구, 형제보다 소중한 내 동무, 난 너를 아이처럼 내 두 팔로 안았다. 나는 진흙탕 속을 걷고 또 걸었다. 사람의 살을 파먹으려 지하에서 올라온 들쥐들을 내쫓으며 걷다 보니, 여기저기 포탄으로 팬 땅의 갈라진 틈새마다 핏물이 가득 고여 있었다. 너를 안고 걷는 동안, 나는 생각하기 시작했다. 너에게 사죄를 구하며 나는 알았다. 나는 너무 늦게 깨달았다. 네가 마른 눈으로, 그것을 부탁하였을 때, 어린 시절 동무에게 하듯, 가식 없는 친절한 태도로 너무나 당연한 것을 청했을 때, 네 부탁을 들어줬어야 했다. 미안하다.

II

나는 잠든 아이같이 무거운 마뎀바를 안고서 갈라진 땅 틈새를 오랫동안 걸었다. 적들에게 무시당한 표적이기라도 한 듯, 나는 내내 보름달 빛을 받으며, 우리 참호의 벌어진 입구에 도착했다. 멀리서 보면, 우리의 참호는 거대한 여성 성기의 갈라진 두 입술처럼 보였다.

전쟁과 포탄, 그리고 우리 병사들에게 바쳐진 열려있는 한 여성. 이것은 내 머리를 관통하도록 허락했던 첫 번째 부끄러운 생각이다. 마뎀바의 죽음 이전의 나는 결코 이 같은 사실을 상상조차 할 수 없었다. 우리의 참호를 보며 나와 마뎀바를 맞이해 줄 거대한 여성의 성기를 떠올리다니. 땅속 내부가 밖으로 드러나 있는 것처럼, 내 영혼도 어디론가 나가버린 것이다. 그리고 나는 알게 되었다. 다른 사람들이 내 생각을 읽지 못하는 한, 내가 원하는 모든 것을 생각할 수 있다는 것을. 그리하여 나는 매우 섬세하게 내 생각들을 관찰한 뒤, 머릿속에 넣고 닫아 버렸다. 이상한 일이었다.

그들은 참호 안으로 돌아온 나를 영웅이나 된 듯 맞아주었다. 나는 밝은 달빛 아래 마뎀바를 끌어안고 걸어왔다. 그의 허리춤에 동여맨 내 셔츠 매듭 사이로 그의 창자가 나와 있었던 것도 알지 못했다. 내 팔에 안겨 도착한 한 참담한 인간의 모습을 보고 잠시 침묵했던 그들은 내게 참으로 용감하고 강하다고 말했다. 그들은 자신들이라면 할 수 없었을 일이라고 말했다. 그들이었다면 마뎀바 디옵을 들쥐에게 던져두었을까? 그들은 그의 창자들을 정성스럽게 모아 그 몸의 신성한 꽃병 안에 두지 못했을까? 그들은 적들이 한눈에 알아볼 수 있을, 이토록 환한 달빛 아래에서 이토록 긴 거리를 동료를 안고 걸어올 수 없었을 것이라고 했다. 그들은 내가 훈장을 받아 마땅하고, 아마도 무공 십자 훈장을 받을 것이라고 했다. 내 가족들은 날 자랑스러워할 것이며, 하늘에서 나를 지켜보고 있을 마뎀바도 나를 자랑스러워할 것이라고 했다. 또 망장^{Magin} 장군[1]도 나를 자랑스러워할 것이라고 했다. 나는 그 순간 훈장 따위는 아무 관심 없다고 생각했다. 그러나 아무도 내가 그렇게 생각하는지 알지 못했다. 아무도 마뎀바가 나에게 자신을 죽여달라고 세 번이나 간청했던 사실도, 그의 세 번의 간절한 청을 내가 외면했으며, 결국 나란 인간은 의무감에 사로잡혀 거기에 복종한 개자식이었던 사실도 알지 못할 것이다. 그러나 나는, 더 이상 그들의 말을 귀담아듣지 않을 정도로 자유로워졌다. 가장 인간적이어야 할 그 순간에, 나를 비인간적으로 행동하도록 지시하는 그 목소리에 더 이상 복종하지 않아도 좋을 만큼, 난 자유로워졌다.

---

[1] 망장 장군(Général Charles Mangin, 1866-1925) : 1차 세계대전에서 활약한 프랑스의 장군. 프랑스를 위해 싸운 세네갈 부대의 가치를 높이 평가했고, 1차 대전에서 활약한 아프리카 부대를 〈검은 힘〉이라 부르며 그들을 열렬히 칭송한 것으로 알려져 있다.

III

참호 속에서 나는 다른 이들처럼 먹고 마시며 똑같이 생활했다. 다른 이들처럼 종종 노래를 부르기도 했다. 나는 음치였고 내가 노래할 때면 모두가 웃었다. 그들은 내게 말하곤 했다. "너네 니아이 가문은 노래를 부를 줄 몰라" 나를 가끔 놀리곤 했지만, 모두가 나를 존중했다. 그들은 내가 그들을 어찌 생각하는지 알지 못했다. 나는 그들을 바보천치들로 여겼다. 그들은 아무것도 생각하지 않았다. 백인 병사든 흑인 병사든 그저 언제나 〈네〉하고 답했다. 그들에게 참호를 나와 적을 공격하라고 하면 그들은 〈네〉하고 답한다. 대위가 그들에게 적들은 야만적인 흑인들, 식인종, 줄루족²을 두려워한다고 말하면, 그들은 껄껄 웃었다. 그들은 적들이 그들을 두려워한다는 사실에 만족해했다. 그들은 자신의 두려움을 잊을 수 있다는 사실에 만족했던 것이다. 그러나 왼손엔 총을 들고, 오른손엔 가지 치는 칼(coupe-coupe)³을 쥐고 포복하다가 땅 밖으로 몸을 내던지며 와 하고 튀어나올 때면, 그들의 얼굴은 광기 어린 눈빛으로 번들거렸다. 대위는 그들이 위대한 전사들이며, 노래를 부르며 살육을 즐기고, 서로 광기를 겨룬다고 치켜세웠다. 디옵은 니아이보다 덜 용감하다는 소리를 듣고 싶지 않았다. 그래서 아르망 대장이 날카로운 호각을 불자마자 그는 야만인처럼 소리를 지르며 참호에서 뛰쳐나왔다. 케이타와 수마래 사이에도 같은 경쟁심이 있었다. 디알로와 파예 사이에서도 마찬가지였다. 칸과 티우네, 디아네, 쿠루마, 베예, 파콜리, 살, 디엔, 섹, 카, 시세, 누르, 투레, 카마라, 바, 팔, 쿨리발리, 손코, 시, 시소코, 드라메, 트라오레⁴ 모두는 별생각 없이 아르망 대위가 그들에게 "너희들은 검은 아프리카의 초콜릿들이다. 따라서 너희들은 용맹한

2 　줄루족(Zoulous) : 남동 아프리카의 반투어족의 일부로 주로 남아프리카 공화국을 중심으로 살고 있다.
3 　열대지방에서 주로 사용하는 긴 가지치기용 칼이다. 프랑스군은, 세네갈 병사들을 1차대전에 차출하면서, 그들에게 야만성을 과시하게 하는 용도로 총과 함께 이 칼을 전투 무기로 사용하게 했다.
4 　다양한 아프리카 부족의 성(姓)

자들 가운데서도 가장 용맹한 자들이다. 프랑스는 너희들을 높이 예찬하고, 신문들은 오직 너희들이 세운 수훈에 대해 치하할 것이다!"라고 말했던 까닭에 모두 죽을 각오가 되어 있었다. 하여 그들은 미친놈들처럼 소리를 지르며 포복한 채로 왼손엔 소총을, 오른손엔 가지 치는 칼을 들고 기꺼이 참호를 뛰쳐나왔다.

하지만 나, 알파 니아이는 대위의 말을 제대로 알아들었다. 아무도 내가 무엇을 생각하는지 모른다. 내가 원하는 바를 생각하는 것은 나의 자유다. 나는 금지된 것을 생각한다. 대위의 말 뒤엔 상상할 수 없는 내용이 감춰져 있다. 대위의 조국 프랑스는 그들이 원할 때만 우리가 야만인이 되어주길 원한다. 프랑스는 필요한 순간에 우리가 야만적으로 행동하기를 원한다. 그들의 적이 우리의 칼을 두려워하기 때문이다. 나는 안다. 나는 알고 있다. 그리 복잡한 것도 아니다. 대위의 프랑스는 우리의 야만성이 필요하고, 우리, 나와 또 다른 이들은 모두 그에게 복종적이므로, 우리는 야만인이 되어주는 것이다. 우리는 적들의 살을 베고, 그들을 불구로 만들고, 그들의 멱을 따고, 그들의 배를 가른다. 내 동료들, 투쿠뢰르, 세레르, 아우사스, 모싯, 마르카스, 소닌케스, 세누포스, 보보스, 울로프스들과 나 사이의 유일한 차이점은, 나는 스스로 고민 끝에 야만인이 되었다는 점이다. 그들은 땅 위로 기어 나올 때만 연기를 하지만, 나는 참호 속에서 그들과 함께 있을 때만 연기를 한다. 그래서 우리가 함께 있을 때, 내가 웃고 암만 엉터리로 노래해도 그들은 나를 존중해 주었다.

그러나 내가 포복으로 참호를 나오기만 하면, 참호가 비명과 함께 나를 바깥세상에 낳아주면, 나는 퇴각 명령이 떨어져도 들어오지 않았다. 나는 한참 시간이 지난 뒤에야 참호로 돌아왔다. 대위는 그 사실을 잘 알고 있었지만, 언제나 내가 웃으며 살아 돌아온다는 사실에 놀라며, 그런 날 내버려 뒀다. 내가 늦게 돌아와도 그가 날 내버려 뒀던 이유는 내가 늘 참호로 전리품을 가져왔기 때문이다. 나는 항상 야만적 전투의 전리품을 가져왔다. 전투가 끝날 때마다, 칠흑 같은 밤에 혹은 달과 피로 물든 깊은 밤에, 나는 적의 총과 그것을 쥐고 있던 손을 함께 가져왔다. 총을 들고 있던 그 손, 총을 움켜쥐던 그 손, 총을 닦고, 기름칠하고, 장전하고, 발사하고, 다시 장전하던 그 손을.

퇴각 신호가 떨어지면, 축축한 참호로 살아 돌아온 대위와 동료들은 두 가지 질문을 던졌다. 첫 번째는 "알파 니아이가 이번에도 살아 돌아올 것인가?" 두 번째는 "알파 니아이가 이번에도 총과 그 총을 쥐고 있던 적의 손을 가지고 돌아올 것인가?" 나는 언제나 다른 이들이 모두 돌아온 뒤에 우리의 땅속 자궁으로 돌아왔다. 때론 적의 총성이 울려 퍼지는 중에도 대위가 말하듯 비가 오나, 눈이 오나, 바람이 부나. 나는 언제나 적의 총과 그 총을 쥐고 있던, 조이던, 닦던, 기름칠하던 그 손, 장전하고, 발사하고, 다시 장전하던 그 손을 가지고 왔다. 매번 공격이 있던 날 밤이면 같은 질문을 던지던 대위와 동료들은 총소리와 적의 비명을 들으면서 만족해했다. "오늘도 알파 니 아이가 참호로 돌아오겠군. 총 이랑 그 총을 들던 적의 손도 같이 가지고 오려나?"

총 하나, 손 하나.

전리품을 들고 돌아올 때마다, 나는 그들이 나에게 매우 매우 흡족해한다는 것을 알았다. 그들은 내게 먹을 것과 담배를 남겨두곤 했다. 그들은 내가 돌아온 것을 진심으로 반겼고, 결코 내가 어떻게 적의 총과 총을 들고 있던 손을 잘라서 가져올 수 있었는지 묻지 않았다. 그들은 나를 매우 좋아했기 때문에 내가 살아 돌아온 것만으로도 매우 기뻐했다. 나는 그들의 우상이 되었다. 내가 가져온 손은 그들이 하루를 더 살아냈다는 사실을 확인해 주는 증거였다. 그들은 결코 내게 적의 나머지 몸은 어찌했냐고 묻지 않았다. 내가 어떻게 적을 잡았는지는 전혀 그들의 관심사가 아니었다. 내가 어떻게 그의 손을 잘랐는지도. 그들의 유일한 관심사는 오직, 야만의 결과물뿐이었다. 그들은 우리와 대적하고 있는 적들이 손이 잘린 동료의 시체를 보면서 엄청 겁을 내고 있을 거라 추측하며 함께 키득거렸다. 대위와 내 전우들은 여전히 내가 어떻게 적들을 잡았고, 그들의 손을 자른 순간, 나머지 몸은 어떻게 처리했는지 전혀 모르고 있다. 그들은 내가 적들에게 한 행동의 1/4도 상상하지 못한다. 그들은 내가 대적한 적들이 가졌던 두려움의 1/4도 상상할 수 없을 것이다.

내가 참호에서 기어 나올 때, 나는 비인간적이 될 것을 택한다. 그렇게 나는 조금 비인간적이 됐다. 대위가 내게 그렇게 하라고 명령해서가 아니다. 내가 그렇게 되겠다고 생각했고, 내가 원해서다. 내가 참호의 자궁으로부터 튀어나오며 소리 지를 때, 나는 대적한 적들을 많이 죽일 의도는 없다. 다만 내 방식으로, 조용히, 침착하고도 천천히 단 한 명의 적을 죽일 생각을 한다. 땅에서 기어 나올 때, 내 왼손엔 총이, 오른손엔 가지 치는 칼이 들려 있다. 나는 내 동료들을 돌보지 않는다. 난 더 이상 그들을 알지 못한다. 그들은 내 곁에서 쓰러져간다. 하나하나 땅을 향해 고꾸라진다. 나는 달린다. 총을 쏘고, 바닥에 엎드린다. 어쩌면, 사격 중에 본의 아니게 적을 죽였을지도 모른다.

그러나 내가 원하는 것은 몸과 몸이 부딪히는 것이다. 바로 그것 때문에 나는 달리고, 사격하고, 낮은 포복으로 적의 참호 가장 가까운 곳으로 다가간다. 그들의 참호가 보이면, 나는 기어갈 뿐이다. 그리곤 아주 조금씩, 거의 움직임이 없을 정도로 기어간다. 죽은 척을 한다. 거기서 조용히 한 놈을 잡을 순간을 기다린다. 한 명이 참호에서 나오길 기다린다. 교전의 끝에 오는 저녁의 정전, 휴식 시간을 기다린다. 그러면 꼭 한 놈이 자신의 참호로 돌아가기 위해 몸을 숨겼던 포탄 구멍에서 기어 나온다. 대부분 저녁 무렵, 교전이 멈춘 시간이었다. 나는 가지 치는 칼로 적의 다리 관절을 먼저 자른다. 쉬운 일이다. 그는 내가 죽은 줄 안다. 눈앞의 적은 나를 보지 못한다. 그에게 나는 시체 더미에 있는 또 하나의 시체일 뿐이다. 그에겐 내가 시체 속에서 갑자기 튀어나와 자신을 죽이려 하는 또 하나의 시체다. 적은 내가 그들의 다리 관절을 벨 때, 너무나도 두려운 나머지 소리도 지르지 못하고, 쓰러져 버린다. 그뿐이다. 그럼 나는 그를 무장해제하고, 입에 재갈을 물린 뒤, 손을 등 뒤로 묶는다.

때론 쉽고, 때론 조금 어렵다. 어떤 이들은 순순히 잡히지 않는다. 어떤 이들은 자신이 죽을 거란 사실을 받아들이려 하지 않는다. 어떤 이들은 싸우려 덤비기도 한다. 그럴 땐 조용히 때려눕힌다. 나는 갓 스무 살이었고, 대위가 말하듯, 자연이 선물한 힘을 지니고 있었다. 그리곤 그들의 군복 소매나 군화를 잡고서, 두 커다란 참호 사이에 있는 포탄 구멍 속, 피가 흥건히 고인 그곳, 대위가 말하듯 어느 편에게도 속하지 않는 땅으로 조용히 끌고 갔다. 대위가 말하듯, 비가 오나, 눈이 오나, 바람이 부나, 나는 그가 깨어나길 기다린다. 인내심을 가지고 내가 때려눕힌 눈앞의 적이 깨어나길 기다린다. 혹은 내가 포탄 구멍 속에 잡아넣은 자가 나를 속일 수 있다고 생각하게 놔둔다. 나는 숨을 고를 시간을 기다린다. 나는 우리 둘 다 차분해질 때까지 기다린다. 기다리는 동안, 나는 달빛과 별빛 아래서 그에게 미소를 짓는다. 적이 머릿속에서 이렇게 묻는 것이 그대로 느껴진다. "저 야만인이 대체 나한테 무슨 짓을 하려는 거야? 대체 내게 뭘 하려는 거야? 나를 잡아먹으려는 건가? 나를 겁탈하려는 건 아닌가?" 눈앞의 적이 하는 모든 생각을 나는 자유롭게 상상할 수 있다. 나는 그놈의 머릿속을 아니까. 다 이해하고 있으니까. 적의 푸른 눈을 바라보며, 나는 종종 죽음에 대한 창백한 공포를 본다. 야만인에 대한, 강간에 대한, 식인 풍습에 대한 공포이리라. 그의 눈에서 사람들이 나에 대해 떠드는 얘기들, 나를 만나기 전에 나에 대해 생각했던 선입견들이 무엇인지 볼 수 있다. 미소 지으며 자신을 바라보는 나를 향한 눈빛에서, 그는 사람들이 나에 대해 한 말이 거짓이 아니었음을 확인한다. 달빛이 비치는 혹은 칠흑 같은 밤에, 하얗게 이빨을 드러낸 야만인이 그를 산 채로 먹어 치우거나 혹은 그보다 더 끔찍한 일을 벌일 거라 상상하는 모습이 보인다.

가장 끔찍한 일은, 내가 한숨 돌리고 난 뒤, 그를 발가벗길 때 일어난다. 그의 군복 단추를 위로부터 풀 때, 적의 푸른 눈이 흐려지는 것을 본다. 그는 최악의 상황을 두려워하고 있음을 느낀다. 그가 용감하건, 소심하건, 용맹스럽던, 겁쟁이던, 내가 군복의 단추를 풀고, 그리고 그의 셔츠를 벗기고, 달빛 아래, 혹은 빗물 아래, 혹은 조용히 흩어져 내리는 눈발 아래서 그의 흰 배가 드러나는 순간, 나는 적의 눈빛이 약간 흐려지는 것을 느낀다. 크던, 작던, 덩치가 좋던, 용감하던, 겁쟁이던, 자존심이 강하건, 그들은 자신들의 떨리는 흰 배를 주시하는 내 시선을 느끼는 순간 눈 속의 빛이 푹 꺼진다. 모두 똑같다.

나는 잠시 마뎀바 디옵을 생각한다. 매번 내 머릿속에선 내게 제발 목을 베 달라 애원하던 그의 목소리가 들린다. 그가 세 번이나 간청하도록 놔둔 나는 비인간적이었다고 생각한다. 이번에 나는 인간적으로 행동할 것이다. 나는 그가 세 번이나 내게 간청하도록 놔두지 않고, 단번에 그를 보내버릴 것이다. 내가 친구를 위해 하지 못한 일을 인간적으로 나는 적을 위해 한다.

그들이 내가 가지 치는 칼을 손에 쥐는 걸 볼 때면, 적의 푸른 눈은 완전히 꺼진다.

처음엔 눈앞의 적이 도망치기 위해, 일어나면서 내게 발길질 했다. 그때부터 나는 적의 발목을 정성껏 묶는 수고를 하기 시작했다. 그리고 바로 그 때문에 내가 오른손에 칼을 쥐기만 하면 적은 미친놈처럼 온몸을 움직인다. 도망칠 수 있다고 믿기 때문이다. 그러나 도망은 불가능하다. 그를 묶은 동아줄은 너무도 단단히 묶여있기 때문에 그는 나로부터 도망칠 수 없다. 하지만 그는 여전히 도망치길 갈망한다. 그의 심정을 고스란히 그의 푸른 눈 속에서 읽을 수 있다. 내가 마뎀바 디옵의 검은 눈에서, 내가 그의 고통을 단축해 주기를 간절히 바라던 심정을 읽었듯이 적의 푸른 눈 속에 똑같은 갈망이 담겨있다.

그의 흰 배가 벌거벗겨졌다. 그는 미친 듯이 일어나고 앉기를 반복한다. 적은 갑자기 헐떡이며 거대한 침묵 속에서 포효를 내지른다. 그의 입은 내가 바싹 물려놓은 재갈 때문에 소리를 지를 수 없다. 그는 내가 뱃속의 모든 것을 바깥의 빗속에, 바람 속에, 눈 속에 혹은 달빛 속에 내놓으려 할 때, 거대한 침묵의 고함을 지른다. 만일 그 순간, 그의 파란 눈이 완전히 빛을 잃지 않았다면, 나는 그의 옆에 누워 그의 얼굴을 내 머리 쪽으로 돌려 그가 죽어가는 것을 바라보며 바로 그의 멱을 딴다. 인간적으로 말이다. 밤에는 모든 피가 검다.

2부

악마(Dëmm) 군인

IV

 신의 진실로 말하노니, 그가 죽던 날, 내가 전쟁터에서 배가 찔린 마뎀바 디옵을 찾아내는 데 걸린 시간은 길지 않았다. 나는 알았다. 무슨 일이 일어났는지 금방 이해했다. 마뎀바는 내게 모든 자초지종을 말했다, 그의 손은 아직 떨리지 않았고, 그는 여전히 친절하고 우정 어린 목소리로 내게 자신을 죽여줄 것을 청하고 있었다.

 적의 공격이 막 전개되던 중이었다. 그가 죽은 척하고 누워 있던 적군 위로 넘어졌을 때, 우린 왼손에 총, 오른손에 가지 치는 칼을 들고 한참 작전을 전개 중이었다. 우린 그때 야만의 코미디를 벌이고 있었다. 마뎀바는 전진하기 전에 슬쩍 바닥에 죽어 있던 적을 바라보느라 몸을 숙였다. 그는 죽은 척하는 적군을 보러 멈춰 섰다. 그는 뭔가 미심쩍어서 아주 짧은 시간동안, 적군의 얼굴을 빤히 쳐다보았다. 적의 얼굴은 죽은 백인이나 흑인의 얼굴처럼 회색빛이 아니었다. 그는 죽은 사람 시늉을 하는 듯 보였다. 이럴 땐 무자비하게, 바로 그를 칼로 처단해야 한다고 마뎀바는 생각했다. 지체해선 안 된다. 눈앞의 적군은 반쯤 죽어 있었다. 만일을 대비해 그를 완전히 죽여야 했다. 자칫 그의 전우, 동료가 그 옆을 지나다가 험한 꼴을 당할 수도 있다.

그가 전우들과 동지들을 생각하는 대신, 그는 죽은 시늉하고 있던 적으로부터 자신을 먼저 구해야 했다. 다른 이들이 겪을 험한 꼴을 예견하는 대신, 어쩌면 근처에 있던 나에 대해 염려하는 대신, 타인들에게 해가 되지 않도록 주도면밀해야 한다고 생각하는 대신, 그는 자신을 위해 먼저 행동했어야 했다. 적군이 큰 외투 밑, 오른손에 감추고 있던 총검으로 그의 배를 단숨에 아래로부터 위로 가르기 직전, 눈을 크게 부릅떴었다고, 마뎀바는 여전히 미소 지으며, 친절하게, 우정 어린 말투로 내게 말했다. 절반쯤 죽어 있던 적군에게 일격을 당한 이후에도, 여전히 미소 짓고 있던 마뎀바는 자신은 아무것도 할 수 없었노라고 차분히 말해주었다. 그는 아직 많은 고통을 느끼지 않던 초반에 내게 이 얘기를 해주었다. 그는 노인의 막내아들이자 그의 형제보다 가까운 존재인 나에게 첫 번째 간청을 했다.

마뎀바가 그 공격에 저항하기 전에, 마뎀바가 반격하기 전에, 아직 목숨이 붙어있었던 적군은 자신의 진영으로 사라졌다. 마뎀바의 첫 번째와 두 번째 간청 사이, 나는 마뎀바에게 그의 배를 갈라 내장을 꺼낸 적의 모습을 묘사해 달라고 청했다. "그는 파란 눈을 가졌어" 마뎀바는 중얼거렸다. 마침 나는 그의 옆에 나란히 누워 파란 금속조각처럼 잘린 하늘을 바라보고 있었기에, 나는 다시 그에게 다그쳤다. "신의 진실로 말해봐, 그가 파란 눈을 가졌다는 게 네가 말할 수 있는 전부야?" 난 연거푸 다그쳤다. "키가 커? 작아?" "잘 생겼어? 못생겼어?" 그러나 마뎀바 디옵은 내가 그에게 물을 때마다, 내가 죽여야 하는 사람은 그 적군이 아니다. 너무 늦었다. 적군은 살아날 수 있었던 행운을 가졌다. 내가 지금 죽여야 하는 사람은 바로 그 자신, 마뎀바라고 말했다.

하지만 신의 진실로 말하노니, 나는 마뎀바의 말을 제대로 듣지 않았다. 내 어린 시절의 친구, 형제보다 더 가까운 동무인 그의 말을. 신의 진실로 말하노니, 나는 파란 눈의, 반쯤 죽어있었다던 적군의 내장을 꺼낼 생각만 하고 있었다. 나는 눈앞의 적군의 배를 가를 생각만 하고 있었다. 내 소중한 친구 마뎀바 디옵의 말은 무시하고 있었다. 나는 복수의 목소리만을 듣고 있었다. 마뎀바가 두 번째로 내게 간청할 때 난 이미 비인간적이 되어 있었다. 디옵은 내게 말했다.

"파란 눈의 적군은 잊어. 지금 날 죽여줘. 난 지금 너무나 고통스러워. 우리는 같은 나이야. 우리는 같은 날 할례를 받았어. 너는 우리 집에서 자랐어. 나는 너의 눈길 아래서 컸고, 너 또한 내 눈길 아래서 자랐어. 넌 나를 놀릴 수 있어. 나는 네 앞에서는 울 수도 있어. 나는 너에게 뭐든지 요구할 수 있어. 우리는 형제보다 더 가까운 사이야. 왜냐면 우린 서로를 형제로 선택했으니까. 제발, 알파, 내가 이렇게 죽어가도록 내버려 두지 마. 내장이 허공을 향해 벌어진 채, 내 배가 고통으로 물어뜯기고 있어. 난 푸른 눈을 가진 그놈이 키가 큰지 작은지 몰라. 잘생겼는지 못생겼는지도 알지 못해. 그가 우리처럼 젊은지, 우리 아버지들 또래인지 몰라. 네가 나의 형제라면, 내 죽마고우라면, 네가 내가 언제나 알아 왔던 바로 그 사람이라면, 내가 엄마와 아빠처럼 좋아했던 바로 그 사람이라면, 두 번째로 간청한다. 제발 나를 죽여줘. 내가 어린아이처럼 너에게 우는 소릴 하는 게 재미있냐? 내 우스운 꼴을 지켜보는 게 재밌어?"

하지만 나는 거절했다. 아! 나는 거절했다. 미안해. 마뎀바 디옵. 정말 미안하다. 내 친구. 내 영혼의 친구. 너의 말을 마음으로 듣지 못했어. 난 알아. 이젠 알고 있어. 내 정신을 파란 눈의 적군에게 빼앗기지 말았어야 했어. 나는 안다. 난 알고 있다. 너의 오열로 골이 파이고, 씨앗이 뿌려진 내 머릿속의 복수를 주문하는 소리를 듣지 말았어야 했어. 너는 아직 죽지도 않았던 그때 말이야. 그때 나는 너의 고통을 무시하도록 나를 강제하는 강력한 음성을 들었던 거다.

"너의 절친, 형제보다 가까운 너의 벗을 죽이지 마라. 그의 삶을 거두어 가는 사람은 네가 아니야. 신의 손이 할 일을 네가 나서지 마라. 악마의 손이 할 일을 너의 몫으로 여기지 마라. 알파 니아이, 만약 네가 그를 죽인다면, 파란 눈의 적이 시작한 한 일을 네가 마무리했다는 사실을 가슴에 품고서, 어떻게 마뎀바의 부모님 앞에 떳떳하게 나설 수 있겠니?"

아니. 나는 안다. 나는 알고 있다. 난 내 머릿속에서 터져 나오던 그 목소리를 듣지 말았어야 했다. 아직 그럴 수 있었을 때, 그 목소리를 잠재웠어야 했다. 나 스스로 생각해야만 했다. 마뎀바, 네가 울음을 멈출 수 있도록, 온몸을 뒤틀지 않도록, 방금 잡힌 물고기처럼 숨을 깔딱거리며 배 밖으로 나와 있는 내장들을 안으로 집어넣느라 꿈틀거리지 않도록 했어야 했다.

V

　　신의 진실로 말하노니, 나는 인간적이지 못했다. 나는 내 친구의 말을 들어주지 않았지만, 내 적의 말은 들어주기로 했다. 내가 눈앞의 적을 잡았을 때, 전쟁으로 얼룩진 하늘을 향해서만 겨우 터트릴 수 있었을 적의 신음을 그의 파란 눈을 통해서 읽었을 때, 그의 열린 배가 곤죽처럼 돼버렸을 때, 나는 마침내 잃어버렸던 시간을 되찾았고, 적의 삶을 마감시켰다. 그의 눈빛이 두 번째로 간청했을 때, 나는 희생물로 바쳐진 양의 목을 베듯, 그의 목을 베었다. 내가 마뎀바 디옵을 위해 하지 못한 것을 나는 파란 눈의 적군을 위해선 했다. 마침내 진정한 인간성을 되찾았다고 할 수 있을 것인가.

그리고 가지 치는 칼로 그의 오른손을 베고, 그의 총을 챙겼다. 길고도 어려운 과정이다. 진흙으로 뒤범벅된 옷을 찔러대는 가시덤불과 나무 피켓 밑을 기어 참호로 돌아올 때, 마치 하늘을 바라보는 여인처럼 열려있는 우리 참호로 돌아올 때, 나는 적군의 피로 범벅이 되어 있다. 나는 마치 진흙과 피로 범벅이 된 조각상 같은 모습이다. 나는 너무도 고약한 냄새를 풍겨 쥐들도 도망갈 지경이다.

내가 풍기는 냄새는 죽음의 냄새다. 죽음은 우리 몸의 신성한 꽃병 밖으로 던져진 내장의 냄새를 갖고 있다. 신체 밖에서 모든 인간 혹은 동물의 신체 내부 기관은 부패한다. 가장 부유한 인간에서 가장 가난한 인간까지, 가장 아름다운 여인에서 가장 못난 여인까지, 가장 현명한 동물에서 가장 어리석은 동물까지, 가장 힘센 동물에서 가장 연약한 동물까지, 어떤 예외도 없다. 죽음의 냄새는, 신체 내부가 부패해 가는 냄새다. 가시덤불 밑으로 기어 다니는 들쥐들도 내게서 풍기는 냄새를 맡으면 두려움을 느낀다. 그들은 죽은 사체가 움직이며 다가오기라도 하듯이 나를 꺼림칙하게 여기며 피해 간다. 그들은 내가 참호에 돌아와서도 여전히 나를 피한다. 내가 몸을 씻고, 옷을 빨고, 깨끗하게 몸을 정화했다고 생각했을 때도 마찬가지다.

VI

내가 네 번째 손을 가져왔을 때부터 나의 전우들과 동료들은 나를 두려워하기 시작했다. 처음엔 그들 모두 좋은 마음으로 나와 함께 웃곤 했다. 그들은 내가 적의 총과 손을 가지고 돌아오는 것을 보며 재미있어했다. 그들은 나에 대해 매우 만족했기 때문에, 나한테 메달을 줄까도 생각했었다. 그러나 네 번째 손에 이르러서, 그들은 솔직히 웃지 않았다. 백인 병사들은 이렇게 생각했을 것임을 그들의 눈에서 읽을 수 있었다. "저 초코렛 자식, 뭐지? 좀 이상하네?" 나처럼 서아프리카 출신의 다른 흑인 병사들은 이렇게 말하기 시작했다는 것을 역시 그들의 눈에서 읽었다. "세네갈의 생루이 근처, 간디올^{Gandiol} 마을에서 온 저 알파 니아이는 좀 이상해. 그런데 저놈은 언제부터 저렇게 이상한 놈이 된 거지?"

백인 병사들과 흑인 병사들은, 대위가 말한 것처럼, 여전히 내 등짝을 치곤 했지만, 그들의 웃음소리와 미소는 달라졌다. 그들은 나에 대해 몹시 몹시 몹시 겁내기 시작했다. 그들은 네 번째 손이 오면서부터 귓속말로 속삭이게 되었다.

앞선 세 번째 손까지 나는 전설이었다. 그들은 나의 귀환을 축하했고, 내게 아주 좋은 부위의 음식을 남겨두었으며, 담배도 건넸다. 커다란 양동이로 내가 씻는 것을 도와주었으며, 내 전투복을 빨아 주기도 했다. 나는 그들의 눈빛에서 나에 대한 인정을 읽을 수 있었다. 나는, 명령에 복종하는 야만인, 좀 과장된 야만인을 연기했다. 적들은 아마도 나 같은 야만인으로 인해, 군화 속, 군모 속에서 떨고 있었을 것이다.

처음에 내 전우들은 내 몸에 깃든 죽음의 냄새, 인간 백정의 냄새에 대해 전혀 염려하지 않았다. 그러나 4번째 손부터, 그들은 나를 더 이상 전처럼 대하지 않기 시작했다. 그들은 여전히 내게 먹을 것을 넉넉히 남겨놓고, 내게 여기저기서 구해온 담배를 건넸으며, 내가 몸을 덥힐 수 있게 담요를 빌려주기도 했으나, 겁에 질린 군인의 얼굴을 미소의 가면으로 가린 채였다.

그들은 더 이상 커다란 양동이로 내가 목욕하는 것을 돕지 않았다. 그들은 내 군복을 나 스스로 빨도록 했다. 이젠 누구도 웃으며 내 어깨를 치지 않았다. 신의 진실로 말하노니, 나는 갑자기 불가촉의 존재가 되었다.

그들은 내게 참호의 한쪽 구석 자리를 배정해주면서, 식판 하나와 단지 한 개, 포크와 숟가락 한 개를 식사 도구로 배급했다. 내가 공격이 있는 날 밤, 다른 이들보다 한참 늦게 참호로 돌아올 때면, 대위가 늘 말하듯 비가 오나, 눈이 오나, 바람이 부나, 취사병은 내게 배급해준 식사 도구들을 가져오게 했다. 그가 내게 수프를 줄 때면, 그는 국자가 식판의 바닥이나 가장자리에 닿지 않게 하려고 매우 신중을 기울였다.

소문은 빠르게 퍼졌다. 소문은 옷을 벗으며 퍼져갔다. 그리고 조금씩 추잡한 것이 되어갔다. 처음엔 옷을 잘 갖춰 입고 있었고, 잘 꾸며져 있었으며, 훈장도 달려있었지만, 나중엔 염치없이 엉덩이를 깐 채 돌아다니기 시작했다. 처음엔 금방 감지하지 못했다. 나는 그런 소문을 잘 알아채지 못했고, 어떤 음모가 꾸며지고 있는지도 알지 못했다. 사람들은 그런 소문이 굴러다니며 눈덩이처럼 부푼다는 사실을 알았지만, 아무도 내게 그 사실을 말해주진 않았다. 그러나, 결국 쑥덕거리는 말들은 내 귀에 들어오게 되었다. 그 이상한 놈이 미친놈이 되었으며, 그 미친놈은 마침내 악마(Dëmm)[5]가 되어 있었다. 악마 군인.

전쟁터에서 미친놈은 필요치 않다는 사실을 사람들은 말하지 않는다. 신의 진실로 말하노니, 그 미친놈은 아무것도 두려워하지 않았다. 다른 이들은, 백인이건 흑인이건, 대적한 적군의 총탄을 향해 조용히 몸을 던질 수 있도록 미친놈을 연기했다. 그것이 그들로 하여금 큰 두려움 없이 죽음 앞에 내달릴 수 있게 해주는 것이었다. 아르망 대위가 공격 호각을 불 때, 살아 돌아올 가능성이 별로 없다는 것을 알면서도 그 명령에 복종하기 위해서는 미치는 것이 필요했다. 신의 진실로 말하노니, 땅의 복부로부터 야만인처럼 소리 지르며 튀어나오기 위해선 미친놈이 되어야 했다. 우리가 맞선 적의 탄환들, 금속 빛 하늘로부터 우수수 떨어지는 굵은 낟알들은 우리의 함성을 두려워하지 않는다. 그것들은 우리의 머리를 관통하는 것을, 우리의 살을 관통하고 우리의 뼈를 부러뜨리며, 삶을 결딴내는 것을 두려워하지 않는다. 일시적 광기는 총알의 진실을 잊게 해준다.

---

5   Dëmm : 세네갈에서 사용되는 언어 중 하나인 월로프어(wolof)로, 괴물, 마법사, 악마 등의 의미다. 마녀의 남성형에 해당하는 말이나, 우리말 표현 중 완전히 이에 부합하는 표현이 없어, 악마로 표기하기로 한다.

일시적 광기는 전장에서 필요한 용기의 자매와도 같다.

그러나 우리가 계속해서, 쉼 없이 미친놈이란 인상을 주면, 그땐 전우들에게까지 두려운 존재로 비치게 된다. 그때부턴 더 이상 용감한 우리의 전우, 죽음을 두려워하지 않는 용사, 공모자, 형제보다 가까운 존재이기를 멈추게 된다.

VII

　흑인과 백인 병사 모두에게 나는 죽은 자가 되었다. 나는 그 사실을 안다. 나는 그 사실을 알고 있다. 백인 병사건 나처럼 초콜릿 병사건, 그들에겐 내가 악마이며 사람의 내장을 먹는 괴물이었다. 나는 이전부터 그랬고, 전쟁이 그런 나의 존재를 드러냈다는 것이다. 이 벌거벗은 소문은 내가 마뎀바 디옵, 내 형제보다 가까운 친구의 내장도 먹었을지 모른다고 말하고 있었다. 소문은 내가 아주 수상쩍은 존재임이 틀림없다며 꼬리에 꼬리를 물었다.

　이 엉덩이를 홀딱 벗은 소문은 내가 적들의 내장을 먹을 뿐 아니라, 동료들의 내장까지 먹는다고 퍼뜨리고 있었다. 이 추잡한 소문은 "조심. 신중해야 해. 그가 잘린 손을 어떻게 했을까? 그가 우리에게 손을 보여 준 뒤로, 손들은 사라졌어. 주의 요망, 신중"이라고 떠들고 다녔다.

신의 진실로 말하노니, 나, 노인의 막내아들 알파 니아이는, 행실이 나쁜 여자처럼 반쯤 벌거벗은 터무니없는 소문이 내 뒤를 쫓아오는 것을 보았다. 소문이 내 뒤를 쫓는 걸 보며, 지나가는 그 소문의 치마를 들추고 킬킬대며 엉덩이를 꼬집던 그 백인 병사들과 초콜릿 병사들은 밖에서는 여전히 아무 일도 없다는 듯 나를 향해 미소 짓고, 말을 걸어왔다. 그러나 실내에선 공포에 질려있었다. 가장 거칠고, 가장 무뚝뚝하며, 가장 용맹한 병사들마저도 그러했다.

대위가 우리를 일시적 광인, 야만인이 되도록 내몰며, 미친 듯이 쏟아지는 적의 총탄 속으로 등 떠밀려 할 때, 참호에서 출격을 명하는 호각을 불려 할 때면, 아무도 내 곁에 서려고 하지 않았다. 아무도 땅의 따뜻한 창자에서 나와 전쟁의 소란 속에 던져졌을 때, 나와 팔꿈치를 맞대고 부딪히려 하지 않았다. 아무도 내 곁에서 적의 총알에 맞아 쓰러지는 것을 원치 않았.

그렇게 해서 잘린 적의 손들은 네 번째 이후로 내게 고독이란 대가를 치르게 했다. 흑인과 백인 병사 전우들의 미소와 눈

인사, 격려 속에서 느껴야 하는 고독. 신의 진실로 말하노니, 그들은 누구도 죽은 친구의 액운이 씐 악마 병사의 불길한 시선을 끌고 싶지 않았다. 나는 그걸 안다. 나는 그 사실을 알고 있었다. 그들은 생각을 깊게 하지 않았지만, 모든 것이 이중적이라고 생각하는 건 분명했다. 그들의 눈에서 그 사실을 읽을 수 있었다. 그들은 사람의 내장을 먹는 자들이 적의 내장만 먹는 것으로 만족할 땐 선하다고 생각했다. 그러나, 그 영혼의 포식자들이 만약 전우들 내장까지 먹는다면 선하지 않다고 생각했다. 그러니 마법사 병사에 대해 결코 안심할 수 없었다. 그들에 대해선 매우 신중하게 굴어야 한다 생각했다. 그들에 대해 주의해야 하고, 그들에게 미소 지어야 하며, 그들에게 이것저것을 친절하게 말해야 하지만, 거리를 두어야 하며, 결코 가까이 가거나, 접촉하고, 부딪혀선 안 된다 생각했다. 그러지 않으면 죽음이 닥칠 것이며, 그것으로 끝이라고 생각했다.

그래서 얼마 전부터 아르망 대위가 출격 호각을 불 때, 그들은 나로부터 열 발자국 정도 떨어져 섰다. 어떤 이들은, 땅의 뜨거운 내장으로부터 고함치며 뛰어나가기 직전까지, 나를 바라보는 것조차 피하고, 시선을 내게 머물게 하지 않으려고 애썼다. 마치 나를 바라보는 것이 눈으로 죽은 자의 얼굴이나 팔이

나 손, 등, 귀, 다리 등을 만지는 것이라도 되는 양, 나를 쳐다보는 것만으로도 벌써 죽기라도 하는 양 여겨지는 모양이었다.

인간은 언제나 어떤 사태에 대해서 터무니없는 책임 소재를 찾으려 한다. 인간은 그런 존재들이다. 그게 훨씬 간단하니까. 나는 안다. 나는 그걸 알고 있다. 지금은 내가 원하는 바대로 마음껏 생각할 수 있다. 내 전우들은, 백인이건 흑인이건, 그들을 죽음의 위험에 처하게 하는 건 전쟁이 아니라, 불길한 시선이라고 믿는 것이 필요했다. 그들은 적들이 쏘는 수천 발의 총알이 우연히 그들을 죽일 거라고는 믿고 싶지 않았다. 그들은 우연을 좋아하지 않았다. 우연은 너무도 부조리한 것이니까. 그들은 책임을 물을 대상을 원했다. 그들은 자신들에게 날아들 적들의 총탄이 어떤 사악하고, 고약하며, 악의를 가진 자에 의해서 조종되고, 이끌려진다고 믿고 싶어 했다. 그들은 사악하고, 고약하며, 악의를 가진 그자가 바로 나라고 믿었다. 신의 진실로 말하노니, 그들의 생각은 너무도 짧고 잘못된 것이다. 그들은 내가 그 모든 격전을 치른 후에도 살아있고, 어떤 총알도 나를 건드리지 못했던 것이 내가 마법사 병사이기 때문이라고 믿고자 했다. 그들의 생각은 나쁜 방향으로 치달았다. 급기야는 그동안 많은 전우가 나에게 조준된 총알을 대신 맞는 바람에, 결국 나 때문에 대신 죽었다는 것이다.

그래서 일부 병사들은 내게 위선적인 미소를 지어 보이곤 했다. 그 때문에 일부는 내가 나타나기만 하면 시선을 돌렸고, 또 다른 병사들은 아예 그들의 시선이 내 몸에 닿거나 스치지 않게 하려고 눈을 감아버렸다. 한때 우상이었던 나는 이제 금기가 되어 버렸다.

마뎀바 디옵, 그 허풍선이가 속한 디옵가의 토템(우상으로 삼는 동물)은 공작이다. 그가 내게 "공작이야"라고 말하면 나는 그에게 "왕관 두루미 아냐?"라고 답했다. 나는 그에게 "너의 가문은 어떻게 새를 토템으로 했냐? 우리 토템은 맹수인데"라고 말하며 우쭐대기도 했다. 니아이가의 토템은 사자였다. 디옵가의 토템보단 훨씬 고상했다. 나는 마뎀바 디옵에게 그의 토템은 웃기는 토템이라고 말하곤 했다. 가족에 대한 농담은 두 가문 사이의 전쟁, 두 성씨 사이의 갈등을 비켜 가게 해준다. 가족에 대한 농담은 웃음과 빈정거림 속에서 오랜 앙금을 씻어 주는 효과가 있다.

하지만 토템이란 좀 더 진지한 것이었다. 토템은 하나의 금기였다. 그것을 먹어서도 안 되고, 그걸 보호해야 한다. 디옵가 사람들은 공작 혹은 왕관 두루미가 위험에 처했을 때, 그들을 보호해야 하는 것이다. 반면 니아이 가족들은 위험에 빠진 사자들을 구해 줄 필요가 없다. 사자는 위험에 빠지는 일이 없기 때문이다. 하지만 사람들은 사자들이 결코 니아이가 사람들은 잡아먹지 않는다고 생각했다. 보호는 상호 간에 유효한 것이므로. 디옵가 사람들이 공작에게 잡아 먹힐 가능성은 없다는 걸 생각하니 웃음을 참을 수 없다. 디옵가는 공작이나 왕관 두루미를 토템으로 정하다니 너무한 거 아니냐고 내가 놀릴 때마다, 그저 웃기만 하던 마뎀바 디옵을 떠올린다. "디옵가는 공작처럼 성급한 허세 같은 게 있어. 그들은 그걸 자랑스러워하지만, 그들의 토템은 거만한 새일 뿐이잖아" 내가 이런 말로 그를 놀리면, 그는 웃을 뿐이었다. 마뎀바는 단지 이렇게 내게 말해줬다. "우리가 토템을 선택하는 게 아니야. 토템이 우릴 선택하는 거지."

안타깝게도, 나는 그가 죽던 날 아침에도 그에게 거만한 새 토템에 관해 말했다. 아르망 대위가 출격 명령 호각을 불기 직전이었다. 바로 그 때문에, 마뎀바는 우리 모두 가운데 제일 앞서서 출격했다. 그는 적을 향해 함성을 내지르며 참호를 뛰쳐나갔다. 참호에 있던 우리 모두에게, 그리고 나에게 그가 얼마나 용감한지 보여주기 위해서였다. 결국 나 때문에, 그는 맨 앞에 서서 나간 것이다. 내가 농담 삼아 말했던 그 망할 놈의 토템 때문에, 바로 나 때문에 마뎀바 디옵은 그날, 파란 눈의 반쯤 죽은 적군에게 배가 갈려 죽었던 것이다.

1

VIII

 그날 마뎀바 디옵은 그가 가진 현명함과 뛰어난 지식에도 불구하고 사려 깊게 행동하지 않았다. 나는 안다. 나는 알고 있다. 그의 토템을 가지고 놀리지 말았어야 했다는 걸…. 그날까지, 나는 깊이 생각하지 못했다. 나는 내가 지껄이는 것에 대해 절반도 생각지 않고 말하곤 했다. 제 친구를, 그것도 형제보다 가까운 절친을 참호에서 가장 크게 외치며 적진을 향해 뛰어나가도록 내모는 게 아니었다. 자신의 절친을, 아무리 왕관 두루미라도 한순간도 버틸 수 없을 그런 곳을 향해, 순간적인 광기로 뛰쳐나가도록 놔두는 게 아니었다. 숱한 밤들이 지나고 또 지나는 동안, 수천 마리의 강철로 된 메뚜기 떼가 휩쓸고 지나

간 듯, 그 어떤 작은 풀포기 하나도 자랄 수 없고, 우거진 나무도 없는 그런 전쟁터, 대신 수백만 개의 총알과 파편들이 전쟁의 씨앗들로 흩뿌려진 그곳엔 아무것도 자라지 않았다. 그곳은 육식동물을 위한 칼로 난자된 전쟁터였다.

그리고 지금, 나 스스로 생각하기로 결심한 이후, 사고의 범위에 대해서 그 어떤 금지의 영역도 두지 않겠다고 결심한 이후, 나는 마뎀바를 죽인 것이 파란 눈의 적군이 아니란 사실을 알게 되었다. 나였다! 나는 안다. 왜 마뎀바 디옵이 내게 그의 목숨을 끊어달라고 간청할 때, 내가 그를 죽일 수 없었는지. "한 사람을 두 번 죽일 수는 없는 것"이라고, 내 영혼이 아주 낮은 목소리로 내게 중얼거렸기 때문이다. 넌 이미 너의 어린 시절 친구를 죽였어. 내 영혼이 내게 이렇게 속삭였다. 네가 전쟁터에 나갔던 그날, 그의 토템을 놀렸을 때 말이야. 그 때문에, 그가 참호에서 제일 먼저 뛰어나가게 되었을 때, '좀 기다려!' 하고 내 영혼은 내게 이렇게 아주 아주 낮은 목소리로 속삭여 왔다. 조금만 더 기다려. 잠시 뒤, 마뎀바가 너의 도움 없이 죽게 되고 나면, 넌 이해하게 될 거야. 그의 애원에도 불구하고, 네가 시작한 그 추한 그 일을 네가 끝냈다고 자책하지 않기 위해서라도, 넌 그를 죽이지 않았다는 사실을 이해하게 될 거야.

그러니 조금만 더 기다리라고 내 영혼은 내게 속삭였다. 잠시 뒤면, 바로 네가 마뎀바 디옵의 푸른 눈을 가진 적이었다는 걸, 너는 너의 말로 친구를 죽인 것이란 걸, 너의 말로 친구의 배를 가르고, 친구의 내장을 삼켜버렸다는 걸, 넌 알게 될 거라고 속삭였다. 이런 생각과 내가 악마(dëmm) 혹은 영혼의 포식자라고 생각하는 것에는 거의 아무런 차이가 없다. 옳은 것으로 보이는 모든 것을 생각하게 된 지금, 나는 내 정신의 비밀스러운 영역 속에서 내게 모든 것을 고백할 수 있다. 그렇다. 나는 악마여야 한다고, 사람들의 내장을 먹는 자여야 한다고 생각하기도 했다. 하지만 그런 생각을 한 직후, 그따위 생각을 할 수는 없다고, 그런 건 가당치도 않다고 여기게 되었다. 이땐, 진정으로 나 스스로 생각을 한 것은 아니었다. 나는 내 생각과 같을 수 있다고 여긴 다른 사고들을 위해 생각의 문을 열어 두었던 것이리라. 나는 내 생각을 듣지 않고, 날 두려워하는 이들의 생각을 들었던 것이다. 자신이 원하는 것에 대해 자유롭게 생각할 땐, 타인의 생각이 내 생각인 양 숨어 들어오지 않도록 조심해야 한다. 변장한 모습으로 내 안에 들어와 있는 아버지나 어머니의 생각, 위장된 모습의 할아버지 생각, 숨어 들어와 있는 형제나 자매들의 생각, 그리고 적들의 생각들이 아닌지 면밀하게 가려

내야 한다.

　따라서 나는 악마(dëmm)도 영혼의 포식자도 아니다. 그것은 나를 두려워하는 사람들이 나에 대해 하는 생각이다. 나는 야만인도 아니다. 이것은 백인 상사들이나 파란 눈의 적군들이 하는 생각이다. 나만의 고유한 생각, 내가 가진 생각은, 나의 조롱, 그의 토템에 대해 비아냥거렸던 나의 말이, 마뎀바 죽음의 진정한 이유라는 사실이다. 나의 큰 입이 제멋대로 지껄인 말 때문에, 그는 참호로부터 함성을 지르며 뛰쳐나갔다. 내가 이미 익히 알고 있는, 자신이 얼마나 용감한지를 보여주기 위해서 말이다. 문제는 왜 내가 내 절친의 토템을 그토록 놀렸는가 하는 점이다. 왜 내 정신머리가 진격의 날에 강철 귀뚜라미의 턱처럼 상처 주는 말을 떠올렸던 것일까.

　신의 진실로 말하노니, 나는 마뎀바를 사랑했다. 나는 그를 정말로 사랑했다. 나는 그가 죽을까 봐 너무도 두려웠고, 우리 두 사람이 함께 건강한 몸으로 고향 간디올에 돌아가길 바랐다. 난 누구보다 그가 전쟁에서 무사하기를 바라며 그를 위해서라면 모든 것을 할 준비가 되어 있었다. 나는 전쟁터에서 언제 어디서나 그를 따라다녔다. 아르망 대위가 적들에게 우리가 곧 함성을 지르며 참호로부터 진격할 것임을 알리기 위해, 적들이 우리를 향해 기관총을 발사할 준비를 하도록 공격 신호를 보내면, 그에게 바짝 몸을 붙여 따라붙었다. 그를 상처 낼 총알이 나를 상처 내기를, 그를 죽일 총알이 나를 죽이기를, 그를 스쳐 갈 총알이 나를 스쳐 가기를 얼마나 바랐던가.

신의 진실로 말하노니, 전쟁터에서 진격의 날마다 우린 팔꿈치를 맞대고, 어깨를 마주하며 언제나 함께 있었다. 우리는 적들을 향해 같은 리듬으로 함성을 지르며 내달렸고, 동시에 총을 쏘았다. 우리는 같은 날, 한 배에서 태어난 쌍둥이들 같았다.

그러나 신의 진실로 말하노니, 나는 알지 못한다. 어쩌다 내가 어느 날 마뎀바 디옵에게 그가 용감한 군인이, 진정한 전사가 아니라는 생각을 그의 머릿속에 스며들게 했는지, 이해할 수 없다. 스스로 생각한다는 것이 언제나 모든 것을 이해하게 해주는 것은 아니다. 신의 진실로 말하노니, 나는 왜 내가 전쟁터가 피로 물들던 그날, 뜬금없이 그런 짓을 했는지 알 수 없다. 나는 그가 죽지 않길 간절히 바랐고, 전쟁이 끝나면 우리 둘 다 건강하고 온전한 몸으로 고향으로 돌아갈 수 있기를 바랐다. 그러나 나는 내 말로 마뎀바 디옵을 죽였다. 나는 이 모든 것을 도무지 이해할 수 없다.

IX

 일곱 번째 잘린 손이 한계였다. 그들 모두는 더 이상 그것을 반기지 않았다. 백인 병사나 흑인 병사 모두 마찬가지였고, 장교들이나 일반 병사들도 그러했다. 아르망 대위는 내가 몹시 피곤할 거라며, 무조건 휴식을 취해야 한다고 했다. 이 사실을 알리기 위해 그는 나를 자신의 참호로 불렀다. 그 자리엔 나보다 한참 나이가 많고, 계급이 높은 한 흑인 군인이 동석하고 있었다. 무공 십자 훈장을 받은 한 흑인 군인의 존재는 내게 예기치 않은 것이었다. 그는 대위가 원하는 바를 내게 세네갈어로 통역해 주었다. 그 무공 십자 훈장의 고참 군인은 다른 사람들과 마찬가지로 내가 악마(dëmm)고, 영혼의 포식자라고 생각했다. 그는 감히 나를 쳐다보지도 못하고 바람에 나부끼는 작은 나뭇잎처럼 떨고 있었다. 그의 왼손은 주머니에 숨겨둔 부적을 꽉 움켜쥐고 있었다.

다른 이들과 마찬가지로, 그는 내가 자기 내장을 먹어 버리고 죽음으로 몰아갈까 봐 두려워하고 있었다. 백인 흑인 할 것 없이 모든 병사가 그러하듯, 저격병 이브라히마 섹Ibrahima Seck 은 행여 나와 눈이 마주칠까 떨고 있었다. 밤이 오고, 침묵이 찾아들면, 그는 길게 기도를 할 것이다. 다시 밤이 오면, 그는 나와 나의 더러움으로부터 자신을 지키기 위해 오랫동안 묵주 알을 돌리며 기도할 것이다. 다시 밤이 오면, 그는 자신을 정화할 것이다. 고참 군인 이브라히마 섹은 대위의 말을 내게 통역하는 일조차 공포스러워했다. 신의 진실로 말하노니, 그는 후방에서 한 달간 지내도 좋다는 예외적인 허락을 내게 알리며 공포에 떨었다. 이브라히마 섹은 아르망 대위가 내게 지시한 것은 내게 분명 좋은 소식은 아니라고 생각했다. 이 고참 군인이 볼 때, 내가 나의 식량 창고로부터, 그 좋은 먹잇감들로부터, 내 사냥터로부터 멀어져야 한다는 것을 알게 되면 기뻐하지 않으리라 생각했기 때문이다. 이브라히마 섹의 입장에선, 나 같은 마법사는 나쁜 소식을 알려주는 사람에게 아주 큰 원한을 품을 수 있다고 판단했다. 신의 진실로 말하노니, 한 달 동안 온전히 방목장으로부터 배제되고, 적과 동료 전사들로부터, 그 모든 영혼을 해치울 수 있는 기회인 전쟁터에서 배제되는 마법사 병사로부터 원한을 살 게 분명했다. 이브라히마 섹에게는, 내가 먹어 치울 수 있는 동료들과 적군들의 모든 내장을 잃게 되는 책임을, 그에게 물을 수밖에 없을 걸로 보였다. 어느 날, 손자들에게 무공 십자 훈장을 보여 줄 수 있기를 바라는 노병 이브라히마 섹은 나의 불길한 눈초리로부터 멀어지기 위해서, 혹여 내 분노가 자신에게 미칠 피해를 막기 위해서, 모든 문장을 항상 이 말로 시작했다. "대위께서 말씀하셨다."

"대위께서 말씀하셨다. 너는 휴식을 취해야 한다. 대위께서 말씀하셨다. 네가 매우 매우 용감했고, 그래서 매우 매우 피곤한 상태라고. 대위께서 말씀하셨다. 너의 용기를, 너의 매우 위대한 용기를 높이 치하한다고. 대위께서 말씀하셨다. 너는 나처럼 무공 십자 훈장을 받게 될 거라고… 아! 벌써 그걸 받았다고? …. 대위께서 말씀하셨다. 너는 어쩌면 무공 십자 훈장을 하나 더 받게 될 거라고."

그래서 나는 알았다. 나는 알게 되었다. 아르망 대위가 더 이상 전장에서 나를 원하지 않는다는 사실을 알았다. 무공 십자 훈장에 빛나는 흑인 노병 이브라히마 섹이 내게 전해 준 말이 감추고 있는 그 의미를 되새기자면, 그들에겐 내가 잘라서 가지고 온 일곱 개의 적들의 손으로 충분했다. 신의 진실로 말하노니, 전쟁터에선 스쳐 가는 광기를 원한다. 분노의 광기, 고통의 광기, 격정의 광기, 하지만 이 모든 것은 스쳐 지나가는 것들이다. 거기에 지속적 광기는 없다. 진격이 끝나고 나면, 우리는 각자의 화, 고통, 분노를 내려놔야 한다. 고통은 관용된다. 각자가 그것을 간직한다는 조건에서, 고통은 참호로 가져올 수 있다. 그러나 분노와 격정은, 참호로 가져와선 안 된다. 돌아오기 전에, 우린 분노와 격정을 벗어던져야 한다. 우리는 그 거죽을 벗겨 내야 한다. 그렇지 않으면 전쟁이란 놀이를 더 이어 갈 수 없다. 퇴각의 호각이 울린 후, 광기는 금기였다.

난 그 규칙을 알고 있었다. 대위와 무공 십자 훈장의 흑인 사격수 이브라히마 섹은 참호 속에서 전쟁터의 분노가 계속되는 것을 원치 않는다는 사실을 이해했다. 신의 진실로 말하노니, 내가 그들에게 가져온 일곱 개의 손들은, 마치 내가 조용한 곳에 전쟁터의 비명과 신음을 가져온 것과 같다는 사실을 나는 이해했다. 적들의 잘린 손을 보면서 우리는 이런 질문을 던지지 않을 수 없다. "저게 나였다면?" 그걸 보면서 우린 이런 말을 하지 않을 수 없다. "이놈의 전쟁, 정말 지긋지긋해." 신의 진실로 말하노니, 전장에서 돌아온 후, 우리는 적군에 대해서 다소 인간적 심정을 갖게 된다. 우리는 적이 느끼는 공포를 통해 오랫동안 기쁨을 느낄 수 없다. 그것은 우리 자신도 무섭게 하기 때문이다. 하여 잘린 손은, 참호 안과 밖을 오가는 공포가 되었다.

"아르망 대위는 말씀하셨다. 그는 네가 보여 준 용맹성을 매우 감사히 여긴다고. 대위는 너에게 한 달간의 휴가를 내린다고 말씀하셨다. 대위는 네가 어디에 숨겼는지…. 음…. 네가 자른 손들을 어디에 두었는지… 알고자 한다고 말씀하셨다."

나는 주저 없이 이렇게 답했다. "저는 더 이상 손을 가지고 있지 않습니다."

3부

일곱 개의 손들

X

 신의 진실로 말하노니, 대위와 노병 이브라히마 섹은 나를 바보 취급했다. 나는 좀 이상한 놈일지 모르나, 바보는 아니다. 나는 결코 잘린 손들을 숨겨둔 곳을 알려주지 않을 것이다. 그것은 내 손들이다. 난 그 손들이 어떤 파란 눈의 병사들이 가졌던 손인지 알고 있다. 나는 그 각각의 손이 온 곳을 알고 있다. 그 손들엔 금빛의 혹은 붉은 빛의 털이 나 있었고, 드물게는 검은 털이 난 것도 있었다. 어떤 손들은 포동포동했고, 어떤 것들은 바싹 말라 있었다. 그들의 손톱은 팔에서 잘린 이후 모두 검은 빛을 띠고 있었다. 그 손들 중 하나는 다른 것들에 비해 작았다. 마치 여자의 손이거나 큰아이의 손인 것처럼. 그 손들은 부패하기 전에 조금씩 딱딱해져 갔다. 두 번째 손부터 그것들을 보관하기 위해, 나는 참호의 부엌으로 숨어 들어갔다. 난 그 손들에 굵은 소금을 왕창 뿌린 후, 불 꺼진 화덕 속, 아직 따뜻한 재 속에 던져두었다. 나는 그 손들을 그렇게 밤새 놔두었다. 다음 날 아침, 매우 이른 시간, 나는 그것들을 가지러 갔다. 그리고 다음 날, 다시 소금을 뿌린 후, 같은 장소에 놓아두었다. 그 손들이 말린 생선처럼 되도록 그 행동을 반복했다. 난 그렇게 푸른 눈을 가진 적들의 손을 고향 마을에서 생선을 보관할 때 하는 것처럼 말렸다.

지금 나의 일곱 개의 손들은 − 여덟 개 중 하나는, 장 바티스트Jean-Baptiste의 농담 때문에 사라졌다 − 처음 가지고 있던 특징들을 잃었다. 손들은 모두 같아졌다. 그것들은 낙타의 가죽처럼 모두 무두질이 되어 있었고, 광택이 났다. 거기엔 더 이상 금빛의 털도, 붉은 털도, 검은 털도 없었다. 신의 진실로 말하노니, 거기엔 더 이상 주근깨도, 점도 남아있지 않았다. 손은 모두 짙은 밤색을 띠고 있었다. 손들은 모두 미라가 되었다. 바싹 건조된 까닭에 부패할 염려는 전혀 없었다. 그 누구도 냄새로 손들의 위치를 알아낼 순 없었다. 들쥐들이 아니라면. 손들은 안전한 장소에 보관되어 있었다.

장난기 심한 내 친구 장 바티스트가 손 하나를 가져가 버려서 내겐 일곱 개만 남았다. 난 그가 가져가도록 내버려 뒀다. 그건 내가 잘라가져 온 첫 번째 손이었고, 이미 썩기 시작했기 때문이다. 처음에 나는 어떻게 해야 할지 몰랐다. 그때까진 간디올 마을 어부의 아내들이 물고기를 말리듯, 그것들을 말려야겠다는 생각을 미처 하지 못하고 있었다.

간디올에선 민물 생선이나 바다 생선을 소금에 잘 절인 뒤, 햇볕이나 김을 쐬어 말렸다. 여기 이곳엔 진짜 햇볕은 없다. 여기엔 차가운 햇빛만 있었고, 그것으론 아무것도 말릴 수 없다. 진흙은 진흙으로 남아있었다. 피도 마르지 않았다. 우리의 군복은 불가에서만 말랐다. 바로 그 때문에 우린 불을 피웠다. 우리 몸을 덥히기 위해서 뿐 아니라, 우리의 젖은 몸을 말리기 위해 더욱 불이 필요했다. 하지만 참호 내에서 우리의 화로는 아주 작았다. 대위는 큰 불을 피우는 것을 절대 금지했다. 아니 땐 굴뚝에 연기 나랴. 우리랑 마주하고 있는 적군들은 우리 참호로부터 뿜어져 나오는 연기를 본 순간, 그것이 아무리 담뱃불이 타는 아주 작은 연기라 할지라도 대포를 조준하여 우리를 폭파해 버릴 것이다. 우리가 그러하듯, 적들도 전투가 없는 휴전 상태에서도 참호를 향해 우연히 포탄을 날리곤 했다. 그러니 적군의 포병에게 포격 지점을 제시해 줄 필요는 없는 것이다. 신의 진실로 말하노니, 불빛에 그을린 파란 연기로 우리가 있는 지점을 보여주는 것은 피하고 볼 일이었다. 그러다 보니, 우리의 군복은 마를 날이 없었다. 그러니 우리의 몸도, 옷도 항상 축축했다. 그래서 우린 연기가 나지 않는 작은 불을 피우려 애썼다. 우리는 부엌 화덕의 연통을 뒤쪽으로 향하게 했다. 신의 진실로 말하노니, 우리는 매서운 파란 눈을 가진 적들보다 조금 더 영리해지려고 애썼다. 따라서 부엌의 화덕은 가져온 손을 말릴 수 있는 유일한 장소였다. 신의 진실로 말하노니, 나는 모든 손을 구했다. 이미 상당히 부패가 진행되어가던 그 손들을 모두 무사히 건조할 수 있었다.

처음엔 참호의 모든 전우가 내가 적들의 손을 가져온 것을 보며 매우 만족해했다. 그들은 심지어 손을 만져 보기도 했다. 첫 번째 손에서 세 번째 손까지 그들은 손들을 만지려고 했다. 어떤 이들은 심지어 장난삼아 그 위에 침을 뱉기도 했다. 내가 두 번째 잘린 손을 가지고 참호로 돌아왔던 날, 내 친구 장 바티스트는 내 소지품을 뒤져서 첫 번째 손을 훔쳐 갔다. 나는 그가 훔쳐 가도록 내버려 뒀다. 그 손은 이미 부패가 진행되고 있어서 들쥐를 끌어들일 수 있었다. 난 그 첫 번째 손을 전혀 좋아하지 않았다. 그것은 아름답지 않았다. 손등에는 붉은색 긴 털이 나 있었고, 나는 그 손을 팔로부터 매끄럽게 잘라내지 못했다. 그땐 아직 익숙하지 않았기 때문이다. 신의 진실로 말하노니, 내 가지 치는 칼은 그때, 잘 벼려지지 않은 상태였다. 이런 경험을 통해, 네 번째 적의 손을 분리해내게 되었을 땐, 나는 대위가 돌격 신호를 보내기 전까지 수 시간 동안 같은 칼로 단숨에 손을 베어낼 수 있었다.

내 친구 장 바티스트는 내가 좋아하지 않은, 적의 첫 번째 손을 훔치기 위해 내 소지품을 뒤졌다. 장 바티스트는 참호에서 나의 유일한 진짜 친구였다. 그는 마뎀바 디옵이 죽은 뒤, 나를 위로하러 와준, 유일한 백인 병사였다. 다른 백인 병사들은 내 어깨를 툭 쳤고, 흑인 병사들은 마뎀바의 몸을 후방으로 보내기 전에 망자를 위한 의식의 주문을 읊조렸다. 흑인 병사들은 내게 더 이상 그 얘기를 하지 않았다. 그들에게 마뎀바는 모든 다른 이들과 같은 죽음일 뿐이었기 때문이다. 그들 역시 나처럼 형제보다 더 가까운 절친을 잃었다. 그들 역시 마음속에서 절친의 죽음에 절규했다. 장 바티스트만이 내가 마뎀바 디옵의 내장이 비워진 시신을 참호로 가져왔을 때, 내 어깨를 툭 치는 것 이상의 위로를 해주었다. 장 바티스트는 그의 동그란 머리와 불룩한 파란 눈으로 날 위로해 주었다. 장 바티스트는 그 작은 키와 작은 손으로 내 옷을 세탁하는 것을 도와주었다. 장 바티스트는 내게 담배를 건네기도 했다. 장 바티스트는 그의 빵을 나에게 나눠주었다. 장 바티스트는 나와 함께 웃음을 나누었다.

그래서 장 바티스트가 내가 가져온 첫 번째 적의 손을 훔치려고 내 물건들을 뒤적거렸을 때, 나는 그냥 내버려 뒀다. 장 바티스트는 그 썩기 시작한 손을 가지고 많은 장난을 쳤다. 그 손을 훔친 아침부터, 그는 잠이 덜 깬 아침 식사 자리에서 우리에게 한 명씩 차례로 악수를 청했다. 그가 그렇게 악수로 인사했을 때, 우린 그가 자기 손 대신, 유니폼 소매 속에 감춰둔 적의 잘린 손을 내밀었다는 사실을 알게 되었다.

알베르가 차례가 되어 그 손과 악수했다. 알베르는 장 바티스트가 그에게 적군의 잘린 손을 내밀었다는 사실을 깨달은 뒤 비명을 질렀다. 알베르는 그 손을 바닥에 내던지며 괴성을 질렀다. 모든 사람이 그 모습을 보며 웃었고, 그를 놀려댔다. 하사관들까지도. 신의 진실로 말하노니, 심지어 대위까지도. 장 바티스트는 우리에게 소리 질렀다. "이 멍청이들아. 너희들은 모두 적의 손과 악수한 거야. 너희들 모두 군사 재판에 회부될 줄 알아!" 모두가 또다시 자지러질 듯 웃어 재꼈다. 장 바티스트가 뭐라고 소리 질렀는지 우리(초콜릿 병사들)에게 통역해 주던 무공 십자 훈장을 받은 고참 흑인 병사, 이브라히마 섹조차도 박장대소했다.

XI

그러나 신의 진실로 말하노니, 첫 번째 잘린 적의 손은 장 바티스트에게 행운을 가져오진 않았다. 장 바티스트는 내 오랜 친구로 남아있지 못했다. 우리가 이제 서로 농담을 주고받지 않아서가 아니라, 장 바티스트가 죽었기 때문이다. 그는 매우 매우 비참한 죽음을 맞이했다. 그는 내가 잘라낸 적의 손이 군모에 달라붙은 채로 죽었다. 장 바티스트는 웃음과 장난기가 넘쳤다. 그러나 거기엔 한계가 있었다. 자신과 같은 푸른 눈을 가진 적들 앞에서 적의 손을 가지고 장난치는 것은 그리 좋은 생각이 아니었다. 장 바티스트는 그들을 자극하지 말았어야 했다. 그는 그들을 비웃지 말았어야 했다. 적들은 부아가 치밀어

올랐다. 그들은 전우의 손이 로잘린 총검[6] 끝에 꽂혀 있는 모습을 보는 것을 좋아하지 않았다. 그들은 우리 참호 하늘 아래서 그 잘린 손이 흔들리는 모습을 보며 역겨워했다. 신의 진실로 말하노니, 그들은 총검 끝에 자신들 동료의 손을 매달고, 〈더러운 독일놈들, 더러운 독일놈들!〉이라 죽어라 외치는 장 바티스트를 더 이상 참을 수 없었다. 장 바티스트는 미친 것처럼 보였다. 나는 알았다. 난 그가 왜 그랬는지 알고 있었다.

장 바티스트는 선동가가 되었다. 장 바티스트는 어느 날 향기 나는 편지를 받은 이후, 쌍안경 너머로 우리를 항시 감시하고 있는 파란 눈의 적군들의 시선을 끌려고 애썼다. 나는 알고 있었다. 그가 그 편지를 읽을 때의 표정을 보고 나는 이해했다. 장 바티스트의 얼굴은 그 향기 나는 편지를 열기 전엔 파안대소하고 있었고 환하게 빛나고 있었다. 그런 그가 그 편지를 읽고 난 후, 표정은 어두워지고, 빛이 사라졌다. 마른 웃음만이 남아있었다. 그의 웃음은 더 이상 행복한 웃음이 아니었다. 그것은 불행한 웃음이었고, 울음 같은 웃음이었으며, 불쾌한 웃음, 가짜 웃음이었다. 향기 나는 편지를 받은 이후, 장 바티스트는

---

[6] 1886년에 개발되어 사용되기 시작한 프랑스 군대의 총검

내가 가져온 첫 번째 적군의 손을 가지고, 적군을 향해 거친 선동을 하려 애썼다. 장 바티스트는 그들을 얼간이 취급하면서 중지를 치켜세운 적군의 손모가지를 총검에 꽂아 우리 참호의 하늘 아래서 흔들어 댔다. 그는 쌍안경을 든 파란 눈의 적군들이 자신의 메시지를 잘 전달받고, 곧추세워 둔 중지가 잘 보이도록 총검을 흔들어 대며 이렇게 말했다. "독일군 얼간이들, 멍청한 개자식들"

아르망 대위는 그에게 그만두라고 지시했다. 장 바티스트처럼 선동하는 것은 아무에게도 득 될 게 없는 짓거리였다. 이는 마치 장 바티스트가 참호로부터 불을 피우는 것과 같다. 그의 욕설은 참호에서 뿜어져 나오는 연기와 같이 위험했다. 눈앞의 적들이 총을 조준하게 하는 힘이었다. 이는 마치 적들에게 자신을 노골적으로 드러내는 행위와 같았다. 대위가 명령하지도 않았는데, 굳이 죽을 필요는 없는 거였다. 신의 진실로 말하노니, 나는 알고 있었다. 대위와 또 다른 동료들이 그러했듯, 나는 장 바티스트가 죽고 싶어 한다는 걸, 그래서 바로 그를 조준하도록 파란 눈 적들의 화를 돋우었다는 사실을 알고 있었다.

그러나 대위가 출격 호각을 불고, 우리가 함성을 지르며 참호로부터 나온 날 아침, 파란 눈의 적군들은 왜인지 즉각 사격을 개시하지 않았다. 파란 눈의 적군들은 사격하기 전 20번쯤 숨을 골랐다. 그것은 장 바티스트를 찾아내기 위한 시간이었다. 신의 진실로 말하노니, 그들은 장 바티스트를 찾아내기 위해서 스무 번 숨을 골랐다. 나는 안다. 우린 모두 알고 있었다. 왜 그들이 우리를 향해 바로 사격 개시를 하지 않았는지. 파란 눈의 적군들은 대위가 말했듯, 장 바티스트를 향해 이를 갈고 있었던 거다. 신의 진실로 말하노니, 그들은 더 이상 총검 끝에 그들의 전우의 손을 꽂아 흔들며 "얼간이 독일군들"이라고 지르는 소리를 들어줄 수가 없었다. 적군들은 다음번 전투에서 장 바티스트를 죽이기로 작정했다. 그들은 자기들끼리 이렇게 말했다. "우린 본때를 보여주기 위해 가장 더러운 방법으로 저놈을 죽이자!"

그리하여 어떻게 해서든 죽고 싶다는 인상을 주던, 저 바보 장 바티스트는 그들이 제 임무를 쉽게 해치울 수 있도록 최선을 다한 셈이다. 그는 자신의 군모 앞에 적군의 잘린 손을 매달고 있었다. 손이 돌출되어 있었기 때문에, 그는 손을 흰 천으로 둘둘 말았고, 대위가 말한 것처럼, 손가락 하나하나를 터번처럼 둘러씌웠다. 장 바티스트는 손을 흰 천으로 아주 잘 감싸놨기 때문에, 중지가 우뚝 서 있고, 나머지 손가락은 접힌 채로 그의 군모 앞에 붙어있던 그 손은 멀리서도 잘 보였다. 쌍안경을 든 파란 눈의 적군들은 그를 어렵지 않게 조준할 수 있었다. 그들에겐 쌍안경이 있었으니까. 쌍안경 너머로 그들은 키 작은 병사의 군모 꼭대기에서 흔들리는 흰 반점을 볼 수 있었다.

다섯 숨 정도를 쉬었을 것이다. 쌍안경의 초점을 맞추자 그들은 그 작은 흰 반점이 그들을 향해 퍽 큐를 날리고 있는 것을 보았다. 여기서 그들은 다시 다섯 번 숨을 고른다. 조준을 위해서는, 좀 더 긴, 적어도 열 번의 긴 호흡이 필요했다. 그들은 자신들 동지의 손을 가지고 조롱해온 장 바티스트를 너무나도 증오했기 때문이다. 그들은 신중에 신중을 기했다. 대위의 호각이 울린 후, 스무 번의 숨을 쉬고 나서, 적들의 대포 조준기에 장 바티스트가 포착되자, 적들은 몹시 기뻤을 것이다. 쌍안경으로 장 바티스트의 머리가 날아가는 것을 보면서 그들은 더욱 기뻐 날뛰었을 것이다. 그의 머리와 군모, 군모에 매달려 있던 적의 손이 모두 가루가 되어 흩어졌다. 파란 눈의 적군들에겐 그들을 모욕하던 손가락이 바로 그 망할 놈의 머리 위에서 산산조각이 나 흩어지는 것을 보게 돼 큰 기쁨이었을 것이다. 신의 진실로 말하노니, 그들은 이 멋진 한방을 성공시킨 병사에게 아마 담배를 제공했을 것이다. 그들은 우리를 향한 공격이 끝난 후, 그의 어깨를 치며 격려하고, 그에게 마실 것을 주었을 것이다. 그들은 이 뛰어난 포병이 날린 멋진 한 방을 향해 박수갈채를 보냈을 것이다. 그들은 그 포병을 위해 노래까지 지어 불렀을지도 모른다.

신의 진실로 말하노니, 어쩌면 내가 들은, 그들의 참호에서 새어 나오던 그 소리가 바로 그를 향한 찬사의 노래였는지도 모른다. 장 바티스트가 죽은 바로 그날 밤, 대위가 늘 말하듯 어느 편에도 속하지 않는 땅 한복판에서, 내가 적의 내장을 꺼내 놓고 네 번째 손모가지를 잘랐던, 바로 그날 밤에 들렸던 노랫소리….

XII

나는 파란 눈의 적군들이 부르는 노랫소리를 잘 들을 수 있었다. 그날 밤, 나는 그들의 참호 매우 가까운 곳에 있었기 때문이다. 신의 진실로 말하노니, 나는 그들이 보지 못하도록 그들의 참호 가까이 포복한 채 다가가, 그들 중 한 놈을 잡기 위해 그들의 노래가 끝나기를 기다리고 있었다. 고요한 침묵이 내려앉고, 그들이 잠들기만을 기다렸다. 그리고 한 놈을 잡아챘다. 엄마 배에서 어린아이를 빼내는 것처럼, 충격을 완화하고 소음을 줄이기 위한 난폭한 부드러움으로, 나는 그렇게 한 놈을 낚아챘다. 장 바티스트를 죽인 바로 그 포격수를 잡고자 난 처음이자 마지막으로, 바로 그들의 참호에서 적을 사냥하기로 작정

했다. 신의 진실로 말하노니, 그날 밤, 나는 향기 나는 편지 때문에 죽고 싶어 했던 내 친구 장 바티스트의 원수를 갚기 위해 너무 많은 위험을 감수했다.

나는 가시덤불 밑을 수 시간 동안 기어 그들의 참호 부근에 이르렀다. 그들이 나를 보지 못하게 하려고, 내 몸은 온통 진흙을 뒤집어쓰고 있었다. 적의 포탄이 장 바티스트의 머리를 날린 직후, 나는 바로 땅에 엎드렸고, 그로부터 수 시간 동안 진흙탕 속을 기어갔다. 내가 적의 참호 가까이에 도착했을 때는, 아르망 대위가 이미 한참 전에 퇴각을 명령하는 호각을 분 뒤였다. 그들의 참호 역시, 지구처럼 거대한 여성의 성기마냥 열려 있었다. 나는 적들의 세계에 더 가까이 접근했고, 기다리고 또 기다렸다. 그들은 오랫동안 노래를 불렀다. 남자들의 노래, 별 아래 선 전사들의 노랫소리가 이어진다. 나는 그들이 잠들 때까지 숨죽여 기다렸다. 한 놈만 남겨놓고 가라! 담배를 피우기 위해 참호 밖 벽에 기대서 있던 딱 한 놈이 눈에 들어왔다. 전쟁 중에 담배는 금물이다. 담배는 적에게 나를 드러낸다. 나 역시 그가 피운 담배 연기 덕분에 그를 발견했다. 하늘 위로 올라가던 푸른 담배 연기 때문이다. 신의 진실로 말하노니, 나는 엄청난 위험을 감수했다. 내 왼편으로부터 몇 발자국 떨어진 곳에서 파란 연기가 검은 하늘 위로 피어오르는 것을 보자마자, 나는 참호를 따라 뱀처럼 기어갔다.

나는 머리끝부터 발끝까지 진흙으로 덮여 있었다. 내가 흙 위를 기어갈 때면 흙과 같은 색깔로 몸 색깔을 변형시키는 맘바 뱀 같았다. 나는 보이지 않는 존재였다. 적군 병사가 검은 밤하늘에 피워 올린 푸른 연기에 가까워지기 위해, 나는 최대한 빠른 속도로 기고, 기고, 또 기었다. 나는 진정으로 엄청난 위험을 감수했다. 그 때문에, 그날 밤 전쟁에서 죽고자 했던 백인 친구를 위해 내가 한 일을 다시는 반복하지 않았다.

참호 속에서 어떤 일이 일어나고 있는지, 그 속에 뭐가 있는지 알지 못한 채, 나는 내 머리와 팔을 적의 참호 속에 무작정 던졌다. 나는 그 아래서 담배를 피우던 파란 눈의 적을 잡기 위해서 맹목적으로 내 상반신을 적의 참호에 들이민 것이다. 신의 진실로 말하노니, 운 좋게도, 그들의 참호에서 내가 몸을 들이민 지점은 막혀있지 않았고, 운 좋게도, 검은 하늘 아래서 푸른 연기를 내뿜고 있던 적병은 혼자였다.

다행히도 나는 그가 소리 지르기 전, 그의 입을 내 손으로 덮칠 수 있었다. 신의 진실로 말하노니, 나의 네 번째 트로피를 받게 된 주인공이 열다섯에서 열여섯 살밖에 안 돼 보이는 아이처럼 작고 가벼운 몸을 가진 병사였던 것 또한 내겐 행운이었다. 나의 잘린 손 컬렉션에서 그의 손이 가장 작았다. 그날 밤, 푸른 눈의 작은 병사의 친구나 동지들에게 들키지 않은 것도 큰 행운이었다. 일등 포병이 장 바티스트를 첫 번째 제물로 삼아 타격한 낮의 공격으로, 모두 탈진했을 그들은 잠을 청하러 갔을 것이다. 장 바티스트의 목이 떨어지고 난 후, 그들은 격정적으로 쉴 새 없이 포탄을 쏴댔다. 그날 많은 우리 쪽 병사들이 목숨을 잃었다. 하지만 나는 달리고, 쏘고, 낮게 포복하여 덤불 밑을 기어 다니는 데 성공했다. 대위가 늘 말하듯 어느 편에도 속하지 않는 땅에서 달리면서 총을 쏘고, 몸을 던져 바닥에 엎드리고, 아무도 모르게 기었다.

  신의 진실로 말하노니, 눈앞의 적들은 모두 지쳐있었다. 그날 밤, 그들은 합창한 후, 경계심을 내려놨다. 그 어린 병사는 왜 그날 밤 다른 이들과 달리 피곤하지 않았는지 알 수 없다. 왜 다른 동지들이 잠을 청하러 가는 동안, 그는 담배를 피우러 나왔던 것일까? 신의 진실로 말하노니, 다른 놈이 아니라, 바로 그를 내가 잡게 된 것은 운명이라고밖에 말할 수 없다. 적진의 참호의 뜨거운 소굴에서 한밤중에 내가 찾아낸 자가 바로 그라는 사실은 저 하늘에 운명처럼 이미 새겨져 있던 것이다. 저 위에 적혀 있는 모든 일 중에 단순한 건 하나도 없다는 걸 안다. 나는 안다. 난 알고 있다. 하지만, 아무에게도 말하진 않을 것이다. 마뎀바 디옵의 죽음 이후, 난 내가 원하는 것만을, 나 자신만을 위해 생각하기 때문이다. 저 높은 곳에 새겨져 있는 것은 여기 이 낮은 곳에서 인간이 쓰고 있는 것의 복사본에 불과하다. 신의 진실로 말하노니, 신은 언제나 우리에게 뒤처져 있다고 생각한다. 신은 피해를 확인할 수 있을 뿐이다. 신이 내가 뜨거운 적의 참호에서 파란 눈의 어린 병사를 잡을 것을 바랄 수는 없다.

나의 손 컬렉션의 네 번째 주인공은 딱히 아무런 잘못도 없었다. 난 그렇게 생각한다. 내가 그를 바닥에 눕혀놓고 그의 내장을 꺼낼 때, 나는 그의 파란 눈에서 그 사실을 읽을 수 있었다. 그의 눈에서 그가 착한 소년이고, 착한 아들이며, 여자를 알기엔 너무 어렸지만, 틀림없이 미래의 좋은 남편감이 될 수 있는 인물이었음을 보았다. 그런 그에게, 나란 존재가 불행처럼, 무고한 죽음처럼 닥쳤다. 그게 바로, 전쟁이다 : 인간이 연주하는 음악에 신이 너무 늦게 당도한 경우, 신이 너무 많은 운명에 얽매인 아들을 구할 수 없는 경우, 신의 진실로 말하노니, 신을 원망할 순 없다. 신이 이 소년 병사를 전쟁통에 나의 검은 손으로 죽게 만들면서, 혹여 그의 부모를 벌하려 한 것은 아닌지 누가 알겠는가? 신이 그의 조부모들의 잘못을 그들의 자녀들에게 벌할 시간이 없어서, 그 손자에게 벌 내린 건 아닌지 또 누가 알겠는가? 누가 아는가? 신의 진실로 말하노니, 신은 그 어린 소년 병사 가족에 대한 형벌을 뒤늦게 내린 것일 수도 있다. 신은 그들의 손자 혹은 그들의 아들을 통해서 인간들에게 엄한 벌을 내려왔다는 것을 나는 안다. 그 어린 적군은 내가 자기 내장을 꺼내, 여전히 살아있는 그의 옆에 쌓아 놓았을 때, 다른 이들이 그랬던 것처럼 몹시도 고통스러워했다. 나는 아주 잠깐 그를 동정했다. 나는 그의 부모 혹은 그의 조부모들이 받을 형벌을 완화해 주고자 했다. 그를 처치하기 전, 그가 눈물 고인 눈으로 내게 단 한 번 애원하도록 했을 뿐이다. 나의 절친 마뎀바 디옵의 내장을 들어낸 적군이 그 소년 병사일 리 없었다. 좋은 향기가 나던 편지로 절망에 빠져버린 내 익살꾼 친구, 장 바티스트의 머리를 한 발의 포탄으로 날려버린 것도 역시 그일 수 없었다.

   어쩌면 그 파란 눈의 소년병은 내가 누구를 잡게 될지 모르는 상태에서, 적의 뜨거운 참호 속에 머리를 들이밀고, 손을 뻗었을 때 우연히 잡힌 보초병이었을지도 모른다. 나는 그의 어깨에 매달려 있던 총을 가져왔다. 보초병은 담배를 피워서는 안 된다. 한밤중에 피어오르는 작은 파란색 연기는 눈에 잘 띈다. 바로 그 불빛으로 나는 그를 발견할 수 있었다. 나의 네 번째 트로피, 나의 네 번째 손의 주인공인 파란 눈의 소년병을. 신의 진실로 말하노니, 나는 바닥에 놓인 그를 진심으로 동정했다. 하여 나는 그가 눈물 고인 파란 눈으로 내게 처음 간청했을 때, 바로 그를 죽였다. 신이 그를 지켜주었다.

내가 그 네 번째 작은 손과 그가 닦고, 기름칠하고, 장전하고, 발사하던 그의 총을 가져온 뒤부터 나의 흑인과 백인 전우들은 나를 저승사자처럼 피하기 시작했다. 들쥐를 사냥한 후 둥지로 돌아온 검은 맘바 뱀처럼, 내가 진흙탕 속을 기어 우리 참호로 돌아왔을 때, 그 누구도 날 감히 건드리지 못했다. 아무도 내가 돌아온 것을 반기지 않았다. 그들은 내가 가져온 첫 번째 손이 작은 망나니 장 바티스트에게 불운을 가져왔다고 여겼다. 그리고 그 저주는 나를 만지거나 심지어 나를 바라보는 사람에게도 떨어질 수 있다고 믿는 눈치였다.

게다가 이제부턴 내가 살아 돌아온 것을 반기며 한껏 즐거운 분위기를 부추기던 장 바티스트도 없었다. 모든 사물에는 양면이 있다. 한쪽이 좋으면, 다른 한쪽은 나쁘다. 장 바티스트가 살아있을 땐, 내가 가져온 트로피의 좋은 측면을 보여주었다. "와, 내 친구 알파가 새로운 손과 그 손에 쥐고 있던 총자루를 가지고 돌아왔네. 동지들, 기뻐하시오. 독일 놈들의 총알이 줄어들고, 우리에게 왔소! 독일 놈들은 손도 잃고, 총알도 잃었다. 알파에게 영광을!" 그러면 다른 병사들은, 흑인, 백인, 초콜릿, 투밥[7] 할 것 없이 모두 내가 우리 참호로 트로피를 가지고 돌아온 것을 축하하는 분위기에 휩쓸렸다. 세 번째 손까지는 모두 내게 박수갈채를 보냈다. 대위가 늘 말했듯, 나는 용감했고, 나는 자연의 힘 그 자체였다. 신의 진실로 말하노니, 그들은 넉넉히 내게 먹을 것을 가져다줬고, 내가 씻는 것을 도와주었다. 특히 장 바티스트는 날 좋아했다. 그러나 장 바티스트가 죽던 날, 사냥을 끝내고 땅 밑을 기어 둥지로 돌아온 맘바 뱀처럼 내가 참호에 들어오자, 그들은 날 저승사자라도 보는 듯 피했다. 내가 저지른 짓의 부정적 측면이 긍정적 측면을 압도해 버렸다. 흑인 병사들은 내가 마법사, 악마(dëmm), 영혼의 포식자라며 수군거리기 시작했고, 백인 병사들은 그들의 말을 믿기 시작했다. 신의 진실로 말하노니, 모든 것은 이면을 품고 있게

7　백인, 서양인을 가리키는 세네갈 말

마련이다. 세 번째 손까지 나는 전쟁 영웅이었지만, 네 번째 손부터 나는 위험한 미치광이이자 피에 굶주린 야만인이 되었다. 신의 진실로 말하노니, 일은 이렇게 번져간다. 세상은 이렇게 굴러간다. 모든 일엔 양면이 있다….

XIII

 그들은 내가 바보라고 믿었으나, 나는 바보가 아니었다. 대위와 무공 십자 훈장을 받은 흑인 저격병 이브라히마 섹은 나의 일곱 개의 손으로 나를 함정에 빠뜨리려 했다. 신의 진실로 말하노니, 그들은 나를 감옥에 가두기 위해 나의 야만성을 입증할 증거물로 그것을 원했다. 그러나 나는 그들에게 어디에 그것을 두었는지 말해주지 않았다. 그들은 그것을 찾을 수 없을 것이다. 그들은 그 손들이 어떤 어두운 장소에서 천에 싸인 채 말려지고 있는지 상상할 수 없다. 신의 진실로 말하노니, 그 일곱 개의 손이 존재하지 않으면, 그들은 나를 후방으로 잠시 휴가 보내는 것 외에 다른 어떤 선택도 할 수 없었다. 신의 진실로 말하노니, 그들은 내가 휴가에서 돌아왔을 때, 큰 소란 없이 나를 제거할 수 있도록, 푸른 눈의 적군들이 나를 처리해 주길 바라는 것 외에 별다른 수가 없을 것이다. 전쟁에선, 한 아군 병사와 문제가 발생했을 때, 그를 적의 손을 통해 제거한다. 그렇게 하는 것이 훨씬 편리하다.

  다섯 번째와 여섯 번째 손 사이, 일부 백인 병사들이 아르망 대위의 출격 명령 호각에 복종하기를 거부하는 일이 발생했다. 어느 날, 그들은 이렇게 말했다. "젠장, 지겹다 진짜!" 그들은 심지어 아르망 대위에게 이런 말도 했다. "당신은 우리가 참호에서 나올 때, 적에게 그 사실을 알려, 우리를 향해 사격하라고 또 공격 호각을 불겠죠. 우리는 당신의 호각에 따라 죽으러 가는 걸 거부합니다!" 그러자 대위가 그들에게 이렇게 답했다 "그래? 너희들이 더 이상 명령에 복종하지 않겠다고?" 백인 병사들은 바로 이렇게 응수했다. "그렇소. 우리는 더 이상 당신의 죽음의 호각에 복종하지 않을 겁니다!" 대위는 병사들이 더 이상 자신에게 복종하지 않을 것임을 확신하고 그들이 오십여 명이 아니라, 겨우 일곱 명뿐이라는 사실을 확인했을 때, 그 일곱 명을 우리들 한가운데로 오게 했다. 대위는 "그들의 손을 등 뒤로 결박하라!"고 지시했다. 백인 병사들의 손이 등 뒤로 결박당

하자, 대위는 이렇게 소리쳤다. "너희들은 비겁자다. 너희들은 프랑스의 수치다! 너희들은 조국을 위해 죽는 것을 두려워한다. 하여 너희들은 오늘, 죽게 될 것이다!"

대위가 우리에게 시킨 일은 매우, 매우 추악한 것이었다. 신의 진실로 말하노니, 우리는 전우들을 적군에게 하는 것과 같은 방식으로 취급하게 될 것이라고는 결코 생각할 수 없었다. 대위는 우리에게 장전된 총으로 그들의 볼을 겨누고, 그의 마지막 명령에 복종하지 않으면 그들을 죽이라고 명령했다. 우리는 전쟁이 벌어지고 있는 하늘을 향해 열린 참호의 한쪽 편에 있었고, 명령에 복종할 것을 거부한 전우들은 우리로부터 몇 발자국 떨어진 다른 쪽에 있었다. 반란자 전우들은 우리에게 등을 돌리고 작은 사다리들을 향해 서 있었다. 일곱 개의 작은 사다리가 거기 있었다. 우리가 적군을 향해 진격할 때, 참호를 나서기 위해 밟고 올라서는 사다리였다. 모두가 제자리에 섰을 때, 대위는 그들을 향해 이렇게 소리 질렀다.

"너희들은 프랑스를 배신했다. 하지만 나의 마지막 명령에 복종하는 자는 사후에 무공 십자 훈장을 받을 것이다. 나머지는 우리가 그 가족들에게 너희들은 조국을 배신하고 적군에게 팔려 간 탈주병이라고 편지하게 될 것이다. 배신자들에겐 군인

연금도 지급되지 않는다. 아내와 가족들에게 아무것도 제공되지 않는다!" 이윽고 대위는 공격 호각을 불었다. 동지들이 참호로부터 튀어 나가, 적군으로부터 죽임을 당하도록 할 참이었다.

신의 진실로 말하노니, 나는 지금까지 이토록 추한 것을 일찍이 본 적이 없다. 대위가 공격 호각을 불기 전부터 일곱 명 중 일부는 이빨 부딪히는 소리를 냈다. 또 다른 이들은 바지에 오줌을 지렸다(!!) 대위가 호각을 불자, 너무도 끔찍한 광경이 펼쳐졌다. 그 순간이 그토록 엄중하지 않았다면 우린 웃음을 터뜨릴 수도 있었을 것이다. 우리의 반란자 동지들은 등 뒤로 손이 묶인 상태였으므로 사다리를 타고 오르는 것이 몹시 어려웠다. 그들은 비틀거렸고, 미끄러졌고, 무릎을 찧고 바닥에 떨어지면서 두려움에 절규했다. 쌍안경을 든 파란 눈의 적들은 대위가 그들에게 사냥감을 제공하고 있다는 사실을 금방 알아챌 것이기 때문이다. 내 친구 장 바티스트를 죽인 일등 포병이 우리가 그에게 제공한 선물들을 보자, 세 발의 작은 포탄을 날렸는데 그것은 빗나갔다. 그러나 네 번째 포탄은 막 참호를 나선 우리의 반란자 전우에게 날아가 터졌다. 자기의 아내와 아이들을 위해 용기를 낸 그의 몸은 산산이 흩어지며 검은 피를 사방으로 뿜어냈다. 신의 진실로 말하노니, 나는 이런 것에 이미 익숙했지만, 나의 백인, 흑인 전우들은 그렇지 않았다. 우리 그것을 보며 많이 울었다. 특히 그들이 이 지시를 받아들이지 않는다면, 사후 무공 십자 훈장도, 부모나 아내, 아이들을 위한 연금도 없을 거라고 대위가 못 박았기에, 반란자 동지들은 차례차례 참호 밖으로 뛰쳐나가 적의 손에 난사될 운명에 처할 수밖에 없었다.

신의 진실로 말하노니, 반란자 동료들을 이끌었던 선동자는 용감했다. 반란자 전우들을 이끈 선동자의 이름은 알퐁스였다. 신의 진실로 말하노니, 알퐁스는 진정한 전사였다. 진정한 전사는 죽음을 두려워하지 않는다. 알퐁스는 장애인처럼 비틀거리며 참호를 나오면서 이렇게 외쳤다. "이제 나는, 내가 왜 죽어야 하는지를 안다! 나는 왜인지 알아. 나는 너의 연금을 위해 죽는다. 오데트! 사랑한다 오데트! 나는 너를 사랑해, 오데…" 5번째 작은 포탄이 그의 목을 날렸다. 장 바티스트의 목을 날렸던 것처럼. 일등 포병은 감을 제대로 잡기 시작했다. 뇌에서 터져 나온 골이 우리와 반란자 동료들에게로 튀었다. 그들은 선동자 알퐁스처럼 죽어야 한다는 공포로 괴성을 질렀다. 신의 진실로 말하노니, 우리는 모두 선동자의 죽음을 보고 눈물을 쏟았다. 무공 십자 훈장의 노병 이브라히마 섹이 우리에게 알퐁스가 뭐라고 소리 질렀는지 통역해 주었다. 그런 남자를 만난 건 오데트에게 행운이었다. 알퐁스는 그런 사람이었다.

알퐁스가 죽은 후, 남은 사람은 다섯 명이었다. 그들 중 한 명이 우리를 향해 울며 이렇게 외쳤다. "제발! 제발 좀! 친구들… 친구들…. 날 좀"

그의 이름은 알베르였다. 그는 무공 십자 훈장이며, 연금 따위는 원치 않았다. 그는 부모나 아내, 자식들을 생각하지 않았다. 어쩌면 그에겐 그런 가족이 없을지도 모른다. 대위는 말했다. "사격!" 우리는 그를 향해 발사했다. 이제 남은 사람은 4명이다. 4명의 반란자 동료들은 임시 생존자가 되었다. 이들은 그들의 가족을 위해 용기를 낸 것이다. 이 네 명의 반란자 동료들은 한 명 한 명 차례로 참호에서 나왔다. 방금 목이 잘려 여전히 몸은 달리고 있는 닭처럼 비틀거리는 몸으로 참호에서 기어 나왔다. 마주한 적군의 포병은 잠시 호흡을 가다듬고 있었다. 서른 번쯤 숨을 쉬었을까. 더 이상 포환을 낭비하는 게 싫었던 모양인지 그는 잠시 기다리는 모습이었다. 서른 번의 호흡을 세는 동안, 그는 쌍안경 너머로 그에게 보내어진 희생물들을 관찰했다. 이미 세 발이나 불발시킨 후에 두 발을 성공시켰다. 다섯 발의 포환, 이걸로 충분했다. 대위가 늘 말하듯, 전쟁에선 탄환을 낭비하지 말아야 하는 법이다. 마지막 네 명의 남은 병사들은, 쌍안경의 저속한 기관총에 의해 집단으로 살해당했다. 목구멍에 갇혀있던 마지막 절규를 내지르며 죽어갔다.

신의 진실로 말하노니, 대위의 명령으로 그 7명의 반란자 동료들이 모두 죽은 후, 더 이상 반란은 일어나지 않았다. 더 이상 폭동은 없었다. 신의 진실로 말하노니, 나는 안다. 나는 알고 있다. 대위가 나를 적들에 의해 희생시키려 마음먹는다면, 내가 휴가에서 돌아오자마자, 성공할 수 있으리라. 난 안다. 난 알고 있었다. 그가 나의 죽음을 원한다면, 그는 얼마든지 그리할 수 있다.

하지만 대위가 내가 그 사실을 안다는 것을 알아선 안 된다. 신의 진실로 말하노니, 내가 가져온 적들의 잘린 손이 어디 있는지를 말해선 안 된다. 그래서 나는 그 손들을 어디 두었는지 묻는 대위에게 무공 십자 훈장을 받은 흑인 노병 이브라히마 섹의 통역을 통해 "모른다"고 답했다. 나는 그것을 잃어버렸다고, 어쩌면 반란자 동료 중 하나가 우리 모두를 해코지하는 데 쓰려고 훔쳐 갔는지도 모른다고 말했다. "그래. 알았다. 그 손들은 어딘 가에 있겠지" 대위가 답했다. "그것들이 보이지 않는 곳에 있기만 하다면야, 좋아… 하지만 너는 어찌 됐든 피곤할 거야. 전쟁에 임하는 너의 방식은 좀 지나치게 야만적이야. 난 너에게 적의 손을 잘라 오라는 명령을 내린 적이 결코 없다! 그것은 규칙을 벗어나는 일이야. 하지만 그동안은 눈감아 줬다. 너는 무공 십자 훈장을 받은 병사니까. 넌 내 말을 잘 이해했을 거야. 넌 불을 찾아 나선 흑인 병사니까. 이제 넌 후방에 가서 한 달 정도 쉬다 와라. 한 달 뒤 새롭게 전투에 임한다. 돌아왔을 땐, 더 이상 적들의 몸을 절단하지 않겠다고 약속해야 해. 알겠나? 너는 그들을 단지 죽이는 것으로 만족해야 해. 절단은 안 돼. 문명화된 전쟁은 적군의 몸을 절단하는 걸 금한다. 알아들었나? 너는 내일 떠난다."

무공 십자 훈장을 받은 우리의 노병, 이브라히마 섹이 "아르망 대위는 이렇게 말씀하셨다…"로 시작하는 통역을 해주지 않았다면, 나는 대위가 말한 것을 아무것도 이해하지 못했을 것이다. 하지만 대위가 말하는 동안 내가 스무 번쯤 숨을 골랐다면, 이브라히마 섹이 그것을 통역할 때는 열두어 번밖에 쉬지 않았다. 아마도 무공 십자 훈장을 받은 흑인 노병이 통역하지 않은 대위의 말이 분명 더 있었을 것이다.

아르망 대위는 언제나 화가 나 있는 검은 눈을 가진 키 작은 남자였다. 그의 검은 눈은 전쟁이 아닌 모든 것에 대한 증오로 가득했다. 대위에게, 인생은 전쟁이었다. 대위는 전쟁을 좋아했다. 어떤 이들이 변덕스러운 여자를 좋아하듯, 대위는 자신의 모든 변덕을 전쟁에 쏟았다. 그는 전쟁에 선물들을 안겼고, 병사들의 생명 따윈 아랑곳하지 않고 전쟁을 지속시켰다. 대위는 영혼의 포식자였다. 난 안다. 아르망 대위는 살아가기 위해서 아내가 필요하듯이, 전쟁이 필요한 악마(dëmm)란 사실을 나는 알고 있다. 그의 아내 역시 그런 식으로 관리되기 위해 그 같은 남자가 필요했는지도 모른다.

나는 안다. 아르망 대위가 전쟁과 정사를 벌이기 위해 최선을 다할 것임을 나는 알고 있다. 그가 나를, 전쟁과 나누는 자신의 밀회를 망쳐버릴 수 있는 위험한 라이벌로 인식했다는 사실을 나는 알고 있다. 신의 진실로 말하노니, 대위는 더 이상 나를 필요로 하지 않았다. 나는 내가 부대에 복귀했을 때, 다른 곳에서 공격당할 수 있다는 사실을 알고 있었다. 신의 진실로 말하노니, 그래서, 나는 내가 감춰둔 손들을 되찾아야만 했다. 하지만 이것 또한 대위가 바라는 바임을 알고 있었다. 그는 나를 감시하게 할 것이고, 나의 선배, 무공 십자 훈장의 흑인 병사 이브라히마 섹에게 그 일을 시킬지도 모르는 일이다. 신의 진실로 말하노니, 그는 내가 숨겨둔 일곱 개의 손을 날 처형하는데 필요한 증거물로 사용하려 할 것이다. 그렇게 문제를 덮고, 그는 전쟁과 나누는 정사를 지속하고 싶은 것이다. 나는 알고 있다. 그는 내가 휴가를 떠나기 전, 내 짐을 뒤지게 할 것이다. 장 바티스트가 한 것처럼, 그는 가방에서 손을 찾고 싶어 한다. 그러나 난 바보가 아니다. 신의 진실로 말하노니, 나는 알고 있었다. 내가 어떻게 해야 하는지를.

4부

영혼의 형제

XIV

 나는 잘 지낸다. 내가 후방에서 지내고 있는 곳은 아주 편하다. 내가 있는 이곳에서 나는 스스로 거의 아무 일도 하지 않는다. 자고, 먹고, 흰옷을 입은 아름다운 소녀들의 보살핌을 받는다. 그게 전부다. 여기엔 폭발로 인한 파편들도 없고, 기관총도, 적군이 발사한 작은 살인 포탄들도 없다.

 지금 있는 후방에 나는 혼자 오지 않았다. 나는 적군의 일곱 개의 손과 함께 이곳에 왔다. 나는 그것들을 대위의 코앞, 턱 밑을 지나 이곳으로 가져왔다. 장 바티스트가 말하듯 코앞과 턱 밑을 지나. 신의 진실로 말하노니, 난 이 손들을 나의 군용 취사 도구함에 두었을 뿐이다. 흰 천으로 여러 번 정성껏 휘감았음에도, 나는 그 손들 하나하나를 다 알아볼 수 있었다. 내가 참호를 떠날 때, 내 전우들, 흑인과 백인 병사들은 내 소지품을 모두 뒤지라는 명령을 받았다. 하지만 그들은 감히 내 취사 도구함을 열어보진 못했다. 신의 진실로 말하노니, 그들은 그것을 두려워했다. 나는 그들이 더욱 겁을 집어먹도록 만들었다. 내 취사 도구함의 빗장에 나는 자물쇠 대신 끈으로 아프리카 부적을 매달아 두었다.

신의 진실로 말하노니, 그것은 내 늙은 아버지가 내가 전쟁터로 떠날 때 건네준 붉은 가죽으로 된 부적이었다. 그 아름다운 붉은 가죽 부적 위에, 나는 내 물건들을 염탐하는 자들을 식겁하게 할 그림을 그려 두었다. 그들이 흑인이건 백인이건. 초콜릿이건 투밥이건. 신의 진실로 말하노니, 난 진정으로 혼신을 다해 그 그림을 그렸다. 나는 빨간 가죽으로 된 부적 위에, 작고 뾰족한 뼈다귀로 등유를 섞은 잿더미에 몸이 잠긴 쥐를 그렸다. 그리고 손잡이에는 잘린 손을 시커멓게 그려 두었다. 손끝이 부풀려 있고 다섯 손가락은 쫙 벌어져 있는 작은, 정말로 작은 손이었다. 그것은 마치 우리가 웅크[8]라 부르는 반투명한 분

---

[8] 꼬리가 푸른 도마뱀의 일종. 모든 발가락 안쪽 표면에 가는 털이 나 있어 수직 벽이나 천정에도 붙어 산다. 도마뱀 중에 유일하게 소리를 내며, 구약 성서 레위기

홍 도마뱀의 발가락 같았다. 웅크는 분홍색의 매우 섬세한 피부를 지녀서 희미한 불빛 속에서도 몸속과 내장을 훤히 들여다볼 수 있다. 웅크는 위험한 동물이기도 하다. 독성을 가진 소변을 보기 때문이다.

 신의 진실로 말하노니, 내가 그린 손은 효과가 있었다. 내 취사 도구함의 빗장에 부적을 달아놓은 후, 굳이 그 손들을 다른 곳에 숨겨야 할 이유가 없어졌다. 대위로부터 내 소지품을 뒤져 일곱 개의 손을 찾으라는 명령을 받은 병사들은 그에게 거짓말을 해야 했다. 그들은 아무리 찾아도 일곱 개의 손은 찾을 수 없었다고 맹세해야 했을 것이다. 그러나 분명한 건, 백인이건 흑인이건, 그들은 감히 부적이 달린 내 취사 도구함을 건드릴 수 없었다. 내가 4번째 손을 가지고 왔을 때부터 나를 똑바로 바라볼 수 없었던 병사들이 어찌 감히 붉은 피의 색을 띤 부적, 웅크처럼 끝이 부풀려진 손가락을 가진, 검은색의 잘린 손이 그려진 부적을 손댈 수 있었겠는가? 이럴 땐 내가 악마(dêmm), 영혼의 포식자로 통한다는 사실이 매우 좋은 일이다. 흑인 무공 십자 훈장 선배인 이브라이마 섹이 내 소지품을 살

에 따르면, 식용이 금지된 부정한 짐승이다.

피러 와서, 나의 신비로운 자물쇠를 보고 기절초풍했다는 사실을 깜빡할 뻔했다. 그는 거기에 시선을 두었던 사실 자체를 자책하는 듯 보였다. 신의 진실로 말하노니, 나의 신비로운 자물쇠를 본 모든 이들은 자신들이 지나치게 호기심이 많았다 자책했을 터였다. 그 모든 호기심 많던 겁쟁이들을 떠올릴 때면, 머릿속에서 큰 웃음이 터지려는 걸 멈출 수 없다.

나는 사람들 앞에서 머릿속으로 웃을 때처럼 웃지 않는다. 내 늙으신 아버지는 언제나 말씀하셨다. "아이들이나 미친놈들만 아무 이유 없이 웃는다." 난 더 이상 아이가 아니다. 신의 진실로 말하노니, 전쟁은 나를 갑자기 성장시켰다. 특히 나의 영혼의 친구 마뎀바 디옵의 죽음 이후. 그러나 그의 죽음에도 불구하고 난 여전히 웃는다. 장 바티스트의 죽음에도 불구하고, 난 여전히 머릿속에서 웃는다. 난 다른 이들 앞에선 좀처럼 웃지 않는다. 단지 옅은 미소만 지을 뿐이다. 신의 진실로 말하노니, 하품과 마찬가지로, 미소는 미소를 부른다. 나는 나를 행복하게 해주는 사람에게 미소 짓는다. 내가 그들에게 미소 지을 때, 그들은 내 머릿속에서 울려 퍼지는 웃음소리를 들을 수 없다. 다행이다. 그들이 내 웃음소리를 듣는다면 날 미친놈처럼 취급할 테니까. 그들이 내가 가져온 손목에 대해 그러했듯이.

손들은 내가 자기 주인들에게 겪게 한 일을 결코 말할 리 없을 뿐더러, 대위가 늘 말하듯, 그 어디에도 속하지 않는 차가운 땅에서 피어오르던 기관총 연기에 대해서도 말하지 않을 것이다. 잘린 손모가지들은 내가 어떻게 푸른 눈의 적군 여덟 명의 배를 갈랐는지 말하지 않을 것이다. 신의 진실로 말하노니, 아무도 내가 저 손들을 어떻게 얻었는지 묻지 않았다. 파란 눈의 일등 포격수의 고약한 작은 포환으로 죽은 장 바티스트조차 내게 묻지 않았다. 내게 남은 일곱 개의 손들은 마치 나의 미소와도 같았다. 날 은밀하게 미소 짓게 만드는 그 손들은 적의 내장을 적출하던 순간을 보여줌과 동시에 숨겨준다.

웃음은 웃음을 부르고, 미소는 미소를 부른다. 내가 후방의 요양소에서 늘 미소 짓고 있으니, 모든 사람이 내게 미소 짓는다. 신의 진실로 말하노니, 공격 호각이나 전쟁의 엄청난 소음을 머릿속에서 들으면 한밤중에도 고함을 지르는 나의 흑인이나 백인 동료 병사들도, 그들조차 내가 미소 짓는 것을 보면, 내게 미소 짓는다. 신의 진실로 말하노니, 그들은 미소 짓지 않을 수가 없다. 그것은 그들 자신의 의지를 넘어서는 일이다.

키가 크고 말랐으며 언제나 슬픈 표정을 짓고 있는 프랑수아François 박사도 내가 나타나면 바로 미소를 지었다. 대위가 내게 늘 말했던 것처럼 나는 자연의 힘을 지니고 있었다. 프랑수아 박사는 눈으로 내가 좋은 인상이라고 말해주었다. 신의 진실로 말하노니, 프랑수아 박사는 날 좋아했다. 그래서 그는 다른 모든 사람과 나눌 미소를 아껴서 내게만 한없이 미소를 보냈다. 이 모든 것은 미소가 미소를 부르기 때문이다.

그러나 신의 진실로 말하노니, 나의 끊이지 않는 미소가 사들인 미소들 가운데 가장 마음에 드는 것은, 마드모아젤[9] 프랑수아의 미소이다. 그녀는 흰 의사 가운을 입은 여러 여성 중 한 사람이다. 신의 진실로 말하노니, 마드모아젤 프랑수아는 나를 아주 좋아했다. 신의 진실로 말하노니, 마드모아젤 프랑수아는 늘 그의 아버지와 의견을 같이했다. 그녀 역시 내게 호감 어린 눈빛을 보냈다. 그런데 그녀는 내 얼굴을 바라본 뒤, 묘한 방식으로 내 몸의 한 가운데를 바라보았다. 나는 그녀가 내 얼굴이 아닌 다른 곳을 생각한다는 것을 알아차렸다. 나는 안다. 난 알고 있다. 그녀는 나와 사랑을 나누고 싶은 것이다. 나는 안다. 난 알고 있다. 그녀가 나의 벗은 몸을 보고 싶어 한다는 것을. 파리 티암^{Fary Thiam}의 시선과 같은 그녀의 시선을 통해, 나는

---

9 프랑스에서 미혼 여성을 일컫는 표현

그녀의 마음을 이해했다. 난 전쟁터로 떠나기 몇 시간 전에, 강가에서 멀지 않은 작은 흑단 나무 숲에서 파리 티암와 사랑을 나누었다.

파리 티암은 내 손을 잡았다. 그녀는 내 눈을 바라보았고, 그리곤 조심스럽게 그 아래쪽을 바라보았다. 파리는 함께 있던 친구들 그룹에서 빠져나갔다. 난 그녀가 떠나고 나서 잠시 뒤, 모두에게 인사하고, 앞서 강가 쪽으로 향하고 있는 파리의 뒤를 쫓았다. 간디올 사람들은 밤에 강변을 산책하는 것을 좋아하지 않았다. 맘 쿰바 방[10] 여신 때문이었다. 파리 티암과 나는 강의 여신에 대한 사람들의 두려움 덕에 아무도 마주치지 않을 수 있었다. 파리와 나는 너무나도 강하게 사랑을 나누고 싶은 욕망에 차 있었기에 그런 두려움을 느낄 수 없었다.

신의 진실로 말하노니, 파리는 한 번도 뒤돌아보지 않았다. 파리는 강변 아래쪽으로부터 멀지 않은 작은 흑단 나무 숲으로 향했다. 그녀는 그곳을 향해 달렸고, 나는 그녀의 뒤를 쫓았

---

10 Mame coumba bang : 세네갈, 특히 북부 생루이 지역의 강가에 거한다고 알려진 여신이다. 그의 허락을 맡지 않고 낚시하거나, 강가에서 소란을 피우는 자들에겐 가차 없는 벌을 내리는 엄한 여신이다. 아이가 그 지역에서 태어나거나, 강가에서 일하게 되면, 여신의 화를 풀기 위해 사람들은 제물을 바쳐왔다.

다. 내가 그녀를 찾았을 때, 파리는 한 나무에 기대어 서 있었다. 그녀는 나를 향해 서 있었다. 그녀는 날 기다리고 있었다. 보름달이 떠 있었다. 그러나 흑단 나무들이 서로 빽빽이 서 있었기에, 달빛을 가리고 있었다. 파리는 한 나무에 기대어 서 있는 것 같았다. 하지만 신의 진실로 말하노니, 나는 그녀의 얼굴조차 잘 볼 수 없었다. 파리는 나를 자신의 몸쪽으로 끌어당겼다. 나는 그녀가 벗은 몸이라는 걸 느꼈다. 파리 티암에게선 향기와 강물이 함께 느껴졌다. 파리는 나의 옷을 벗겼고, 나는 그녀가 하는 대로 내버려 두었다. 파리는 나를 바닥으로 이끌었고, 나는 그녀 위에 내 몸을 누였다. 파리 이전에, 나는 여자를 알지 못했다. 파리 역시 나 이전에 남자를 알지 못했다. 나도 모르게, 나는 어느새 파리의 몸 한가운데 안쪽으로 파고 들어갔다. 신의 진실로 말하노니, 파리의 몸 안쪽은 믿을 수 없을 만큼 부드러웠고, 따뜻했으며, 촉촉했다. 난 그 안에서 가슴 두근거리는 채로 오랫동안 움직이지 않고 머물러 있었다. 그러다 갑자기 그녀는 내 아래에서 엉덩이를 움직이기 시작했다. 처음엔 아주 부드럽게, 다음엔 점점 빨리…. 내가 파리 안에 있지 않았다면, 나는 분명히 웃었을 것이다. 우리의 모습은 너무도 우스웠을 터이기에. 나 역시 허리를 이리 저리로 흔들기 시작했다.

나의 모든 동작에 화답하듯 파리 티암은 부드럽게 받아들였다. 파리는 낮게 신음을 토해내며 허리를 움직였고, 나 역시 신음과 함께 더욱 힘차게 허리를 움직였다. 신의 진실로 말하노니, 그 모든 것이 그토록 만족스럽지 않았다면, 우리가 서로 결합하여 꿈틀거리는 모습을 바라보는 모습을 머릿속으로 그리며 난 많이 웃었을 것이다. 그러나 나는 웃을 수 없었다. 나는 오직 파리 티암의 몸속에서 환희의 신음 만을 토해낼 수 있었다. 우리 몸 한 가운데를 이런 식으로 움직이던 끝에, 반드시 일어나고야 마는 일이 우리에게도 일어났다. 나는 파리의 몸속에 사정했다. 난 소리를 질렀다. 그것은 강렬했고, 내 손으로 할 때보다 훨씬 좋았다. 파리 티암도 마지막엔 소리를 질렀다. 다행스럽게도, 우리 소리를 들은 사람은 아무도 없었다.

파리와 내가 몸을 일으켰을 때, 우리는 간신히 다리로 땅을 딛고 서 있었다. 나는 흑단 나무 숲속의 희미한 빛 속에서 그녀의 시선을 볼 수 없었다. 보름달이 떠 있었고, 그 달은 엄청나게 컸음에도, 강물에 비친 작은 태양처럼 희미한 노란빛이었다. 달빛은 너무도 강렬하여 주변의 모든 별을 가렸지만, 흑단 나무들은 그 빛으로부터 우리를 지켜주었다. 파리 티암은 옷을 다시 입고, 내가 옷을 입는 것을 어린아이처럼 도와주었다. 파리는 내 볼에 입을 맞추었고, 간디올을 향해 사라졌다. 한 번도 뒤돌아보지 않고서…. 나는 아무것도 생각하지 않은 채, 여전히 몸의 열기가 남아있는 채로 강물을 오랫동안 바라보았다. 신의 진실로 말하노니, 그때가 전쟁터로 떠나기 전, 내가 파리 티암을 본 마지막이었다.

XV

늘 하얀 옷을 입고 있는 마드모아젤 프랑수아는, 프랑수아 박사의 여러 딸 중 하나였다. 그녀는 파리 티암이 강가에서 나와 불같은 사랑을 나누고자 했던 저녁에 나를 바라보던 그 눈빛으로 날 바라보았다. 마드모아젤 프랑수아는 파란 눈을 가지고 있었다. 마드모아젤 프랑수아는 내 미소에 화답하며 밝게 웃었고, 그녀의 시선은 내 몸의 한 가운데에 가서 머물렀다. 마드모아젤 프랑수아는 그녀의 아버지와는 달랐다. 신의 진실로 말하노니, 그녀는 생기 넘치는 아가씨였다. 마드모아젤 프랑수아는 눈짓으로 내게, 내가 머리끝부터 발끝까지 아주 잘생겼다고 생각한다고 말했다.

마뎀바 디옵, 내 영혼의 친구가 여전히 살아있다면, 그는 내게 이렇게 말했을 것이다. "아니야. 너 지금 구라치는 거야. 그녀는 너에게 잘생겼다고 말하지 않았어. 마드모아젤 프랑수아는 너를 원한다고 말하지 않았어! 네가 거짓말한 거야. 틀렸어. 너는 불어를 할 줄 모르잖아!" 그러나 마드모아젤 프랑수아가 눈으로 하는 말을 이해하기 위해 불어를 알 필요는 없다. 신의 진실로 말하노니, 나는 내가 잘생겼다는 사실을 알고 있다. 나를 바라보는 모든 눈이 그렇게 말한다. 파란 눈도, 검은 눈도, 남자의 눈도, 여자의 눈도. 파리 티암이 눈으로 내게 말한 것은 간디올의 모든 연령대의 여성들이 내게 말한 것이기도 하다. 내 친구들, 소년과 소녀들의 눈은 내가 거의 벗은 몸으로 모래사장에서 싸울 때면 늘 그렇게 말하곤 했었다. 나의 절친, 그 왜소하고 깡마른 마뎀바 디옵의 눈도 내 몸과 다른 몸이 뒤엉켜 싸우고 있을 때면, 내가 세상에서 가장 잘난 놈이라고 말하지 않을 수 없었다.

마뎀바 디옵은 자신이 원하는 모든 것을 내게 말할 권리가 있었다. 그에겐 나를 놀릴 권리도 있었다. 우리가 가진 공통의 농담 코드가 그에게 그것을 허용했다. 마뎀바 디옵은 내 모습을 비꼴 수도 있었고, 약 올릴 수도 있었다. 그는 내게 형제보다 더 가까운 친구였으니까. 그러나 마뎀바는 결국 내 외모에 대해 한마디도 할 수 없었다. 난 너무나도 아름다운 나머지, 내가 미소를 지으면, 어느 편에도 속하지 않는 땅에서 내게 희생 당한 이들을 제외하곤, 나를 향해 미소 지었다. 나의 고르고 흰 치아를 볼 때마다, 세상이 이미 데려간, 나의 가장 위대한 조롱꾼인 그마저도 제 이빨이 못났다는 사실을 인정할 수밖에 없다. 그러나 신의 진실로 말하노니, 마뎀바는 결코 나의 아름답고 눈부시게 하얀 치아와 나의 가슴, 아주 넓은 어깨, 나의 키, 탄탄한 나의 배, 근육이 단단히 박힌 허벅지를 부러워한다는 사실을 인정하지 않았을 것이다. 마뎀바는 눈으로 나를 부러워하며 동시에 나를 사랑한다고 말하는 것으로 만족했다. 마뎀바의 눈은 언제나 나에게 말했다. 어느 달빛 아래, 내가 네 번이나 연속해서 싸움에서 이겼을 때, 어두운 빛에 감싸인 채 찬양자들의 무리에 둘러싸인 나를 향해, 그의 눈은 내게 이렇게 말했다. "난 네가 부러워. 하지만 난 널 사랑해" 그의 눈은 내게 또 이렇게 말했다. "내가 너였으면 좋겠어. 그렇지만 난 네가 자랑스러워" 하늘 아래 세상의 모든 것이 그러하듯, 마뎀바의 나에 대한 시선은 이중적이었다.

내 영혼의 친구를 앗아간 전장으로부터 멀리 떨어져 있는 지금, 머리를 날리는 사악한 작은 탄약들로부터, 금속성 하늘로부터 떨어지는 전쟁의 굵고 붉은 낟알들로부터, 아르망 대위로부터, 그의 죽음의 호각 소리로부터, 내 흑인 선배이자 무공 십자 훈장 수상자인 이브라히마 섹으로부터 멀리 떨어져 있는 지금, 나는 결코 내 친구를 놀려서는 안 됐었다 생각한다. 마뎀바는 못난 이빨을 가졌다. 그러나 그는 용감했다. 그는 비둘기의 갈비뼈를 가졌다. 하지만 그는 용감했다. 마뎀바는 상대를 겁주기엔 너무도 야윈 허벅지를 가졌다. 그러나 그는 진정한 전사였다. 내가 이미 알고 있는 진실, 그가 용감하단 사실을 입증하라고, 그를 말로 등 떠밀지 말았어야 했다는 사실을 난 알고 있다. 마뎀바가 날 부러워하는 동시에 날 사랑하기 때문에, 그는 아르망 대위가 호각을 불자마자 가장 앞서서 진격한 것이다. 그는 내게 진정으로 용감해지기 위해서는, 아름다운 이빨도, 건장한 어깨도, 우람한 가슴도, 단단한 허벅지와 팔도 필요치 않다는 것을 보여주려고 앞장서서 나갔다. 결국 나는 내 말만이 그를 죽음에 이르게 한 것은 아니라는 결론에 도달하게 되었다. 디옵 가의 토템에 대한 내 말만이 디옵을 죽인 것은 아니었다. 전장의 하늘에서 쏟아지는 수많은 금속 낟알들처럼, 상처를 입히는 나의 다른 말들이 그를 죽였다. 나는 안다. 나의 아름다운 외모와 남다른 힘 역시 나의 절친, 나를 부러워하며 동시에 날 사랑한, 마뎀바를 죽이는데 한몫했을지도 모른다. 결국 그를 죽인 것은 나의 아름다움과 나의 힘이었다. 모든 여성이 나를, 내 몸을 탐하던 그 시선들이 그를 죽였다. 눈으로 내 어깨를, 가슴을, 팔을, 다리를 훑던 시선들, 가지런한 내 치아에, 내 자랑스럽게 굽은 코에 머물던 그 시선들이 그를 죽인 것이다.

전쟁이 시작되기 전부터, 마뎀바 디옵과 나, 우리 두 사람이 함께 전쟁터로 떠나기 전에도, 사람들은 우리 두 사람을 이간질하려 했다. 신의 진실로 말하노니, 간디올의 못된 입들은 마뎀바에게 내가 악마(dëmm)이며, 내가 그가 잠든 사이 그의 생명력을 조금씩 갉아먹고 있다고 지껄이며 우리 두 사람을 갈라놓으려 했다. 그 간디올 사람들은 마뎀바에게 - 나는 이 사실을 나와 마뎀바 모두를 좋아하는 파리 티암으로부터 듣게 되었다 - "좀 봐. 알파 니아이는 얼마나 빛이 나니. 그리고 널 봐. 넌 얼마나 마르고 못났니. 그가 너의 모든 생명력을 다 빨아들이고 있기 때문이야. 널 파괴해서 자기 생명력을 늘리려고 말야, 그는 악마(dëmm)거든. 인정사정없이 너의 영혼을 훔쳐 가는 영혼의 포식자라고. 그를 버려. 더 이상 만나지 마. 안 그러면, 넌 산산조각 나고 말 거야. 네 몸의 내장들은 말라비틀어져서 먼지가 되고 말 거야!"

그러나 마뎀바는 그 못된 저주의 말들에도 불구하고, 결코 나를 눈부신 아름다움 속에 외롭게 던져두지 않았다. 신의 진실로 말하노니, 마뎀바는 내가 악마(dëmm)라는 말을 결코 믿지 않았다. 그 반대였다. 마뎀바가 입술이 쩍 갈라진 채로 집에 돌아왔을 때, 나는 그가 간디올의 못된 입들이 지껄인 말에 맞서서 나를 지켜주기 위해 싸웠다는 사실을 의심치 않았다. 이것은 파리 티암이 마뎀바와 내가 프랑스로 전쟁에 나가기 직전에 말해 준 것이다. 우리 둘 다를 좋아했던 파리 덕분에, 나는 알게 되었다. 비둘기처럼 좁은 그의 가슴과 겁날 정도로 마른 팔과 허벅지에도 불구하고, 나의 영혼의 친구 마뎀바는 자신보다 힘센 청년들의 주먹을 두려워하지 않았다는 사실을 말이다. 신의 진실로 말하노니, 나처럼 널찍하고 탄탄한 가슴과 두 팔뚝, 허벅지를 가졌을 때, 용감해지는 것은 훨씬 쉬운 일이다. 그러나 진정한 용사는 마뎀바처럼, 자신이 약함에도 불구하고, 센 놈들의 주먹을 두려워하지 않는 자이다. 신의 진실로 말하노니, 지금 나는 스스로에게 고백할 수 있다. 마뎀바는 나보다 더 용감했다. 하지만 나는 이 사실을 너무 늦게 알았다. 그가 죽기 전에 꼭 이 얘기를 했어야만 했었다.

나는 마드모아젤 프랑수아가 하는 불어를 알아듣진 못해도, 내 몸 한가운데 머물던 그녀의 시선이 하는 말은 이해할 수 있었다. 그것을 이해하는 것은 어렵지 않았다. 그것은 파리 티암이 내게 보냈던 시선이었고, 날 원했던 모든 다른 여인들의 시선이기도 했기 때문이다.

하지만 신의 진실로 말하노니, 이전까지의 세상에선, 나는 파리 티암 이외의 다른 그 어떤 여자도 원치 않았다. 파리가 또래 중에 가장 아름다운 여자였기 때문이 아니라, 그녀의 미소가 내 심장을 흔들어놨기 때문이다. 파리는 격하게, 아주 격하게 내 마음을 움직였다. 그녀의 목소리는 조용한 아침, 카누를 타고 낚시할 때 찰랑거리던 강물 소리 같았다. 그녀의 엉덩이는 롬풀 사막의 언덕보다 더 풍성한 곡선을 그리고 있었다. 파리는 사슴 같기도 하고 사자 같기도 한 아름다운 눈을 가졌다. 땅 위에 몰아치는 회오리바람 같기도 했고, 고요한 바다 같기도 했다. 신의 진실로 말하노니, 난 파리의 사랑을 얻기 위해 마뎀바와의 우정을 잃을 뻔했다. 파리는 마뎀바보다 나를 선택했다. 다행히도 내 영혼의 친구는 내 앞에서 그녀를 단념했다. 파리가 모든 사람 앞에서 선명하게 나를 택했기에 마뎀바는 포기할 수 있었다.

한 겨울밤, 그녀는 나를 선택했다. 내 또래들과 함께, 우린 그날 밤을 지새우며 놀기로 했다. 마뎀바 부모님의 허락하에, 우리는 새벽이 올 때까지 재치 있는 말로 지혜를 겨루며 밤을 보내기로 했다. 우리는 무어인[11] 차를 마셨고, 마뎀바네 집 마당에서 또래의 소녀들과 함께 과자를 먹었다. 우린 은밀한 어휘로 사랑에 대해 이야기했다. 우리들은 돈을 조금씩 보태서 마을의 가게에서 세 봉지의 무어인 차와 파란 원뿔 모양으로 포장된 설탕을 샀다. 그 설탕과 조를 가지고 우리는 수백 개의 작은 과자를 만들었다. 우린 마뎀바네 집 마당의 보드라운 모래 위에 커다란 돗자리를 펼쳤다. 밤이 오자, 우리는 불꽃으로 지글거리는 7개 작은 화덕의 뜨거운 받침대 위에 7개의 작고 붉은 에나멜 찻주전자를 얹어 놓았다. 우리는 작은 조각의 과자들을 가게에서 빌린 프랑스 도기를 흉내 낸 커다란 금속 쟁반 위에 정성스럽게 늘어놓았다. 우리는 각자가 가진 가장 아름답고 밝은 셔츠들을 골라 입었는데, 그 옷들은 달빛 아래 우리의 모습을 한층 환하게 빛나도록 해주었다. 나는 단추가 달린 셔

---

11 무어인 : 8세기 경부터 이베리아 반도를 정복한 아랍계 이슬람교도의 명칭. 사하라 사막 서부의 모리타니로부터 모로코에 걸쳐 살며, 아라비아인·베르베르인·흑인의 혼혈로 구성된다

츠를 가지고 있지 않았다. 마뎀바는 내게 작은 셔츠 하나를 빌려줬다. 그럼에도 불구하고 우리 또래의 소녀 18명이 마뎀바 집에 들어섰을 때, 나는 빛나고 있었다.

우린 16살이었고, 그녀가 가장 예쁜 소녀는 아니었음에도 불구하고 우린 모두 파리 티암을 원했다. 파리 티암은 그중 나를 선택했다. 그녀는 돗자리에 앉아있던 나를 보자마자, 내 곁으로 바짝 다가와 책상다리를 하고 앉았다. 너무 가까이 앉는 바람에 내 오른쪽 허벅지가 그녀의 왼쪽 허벅지와 닿을 정도였다. 신의 진실로 말하노니, 내 심장이 하도 심하게 뛰고, 또 뛰고, 뛰는 바람에 이러다 안쪽 갈비뼈가 부러지는 것 아닌가 하는 생각이 들 정도였다. 신의 진실로 말하노니, 바로 그 순간, 나는 행복이라는 걸 알았다. 세상의 그 어떤 기쁨도 빛나는 달빛 아래서 파리가 날 선택해 주었던 그 순간, 숨막힐 것 같았던 그 순간의 기쁨보다 클 순 없었다.

우린 열여섯 살이었고, 마냥 웃고 싶었다. 우리는 돌아가며 영리한 암시가 가득 담긴 농담들과 짧은 우화들을 나눴다. 수수께끼를 만들어 내기도 했다. 우리들 사이에 마뎀바의 동생들이 끼어들어, 우리의 이야기를 들으며 차례로 잠들었다. 파리가 다른 누구도 아닌, 바로 나를 선택해 주었기 때문에 나는 지구

전체의 왕이라도 된 듯한 마음이었다. 난 파리의 왼손을 내 오른손으로 감싸 쥐었다. 그녀는 손을 내게 맡겼다. 신의 진실로 말하노니, 그 누구도 파리 티암에 견줄 수 없다. 그러나, 파리는 내게 자신을 허락하지 않았다. 그녀가 모든 우리 또래 남자들 가운데 나를 선택했던 그날 밤 이후, 그녀는 내가 그녀를 원할 때마다, 나를 거부했다. 파리는 언제나〈안돼〉,〈안돼〉그리고 또〈안돼〉라고 말했다. 장장 4년 동안 날 밀어냈다. 같은 또래의 소년과 소녀는 결코 사랑을 나누지 않았다. 그들이 평생 은밀한 연인이 되고자 서로를 선택했다 할지라도, 같은 또래의 소년과 소녀는 결코 남편과 아내가 될 수는 없었다. 난 이 엄격한 규칙을 알고 있었다. 신의 진실로 말하노니, 나는 조상들이 적용하던 규칙을 알고는 있었지만, 그것을 수용하진 않았다.

어쩌면 나는 마뎀바의 죽음 훨씬 이전부터 나 스스로 생각하기 시작했는지도 모른다. 대위가 말했듯, 아니 땐 굴뚝에 연기 나는 법은 없는 법. 뺄족의 속담처럼, "새벽부터 우린 일진이 좋을지 나쁠지 추측할 수 있다." 어쩌면 나의 정신은, 정직한 인간이기엔 지나치게 말끔하게 차려입고, 격식과 의무에 대해 말하는 목소리를 의심하기 시작했던 것 같다. 어쩌면 나의 정신은 이미 이때부터 인간적인 척하는 비인간적 법칙에 대해

〈안돼〉라고 말할 준비를 하고 있었는지 모르겠다. 그러나 나는 그녀의 거절에도 불구하고, 희망을 간직하고 있었다. 왜 파리가 마뎀바와 내가 전쟁터로 떠나기 전날 밤까지 계속 내게 〈안돼〉라고 말했는지 이해할 수 있었기 때문이다.

XVI

 신의 진실로 말하노니, 프랑수아 박사는 좋은 사람이었다. 그는 우리에게 생각할 시간, 우리 자신으로 돌아올 수 있는 시간을 주었다. 프랑수아 박사는 우리, 나와 다른 병사들을 학교처럼 책상과 의자들이 있는 공간으로 모이게 했다. 나는 한 번도 학교에 다닌 적이 없다. 마뎀바는 학교에 다녔다. 그래서 마뎀바는 불어를 할 수 있었지만, 난 불어를 몰랐다. 프랑수아 박사는 마치 학교 선생님 같았다. 그는 우리에게 의자에 앉으라 했고, 각각의 책상에는 그의 딸, 하얗게 차려입은 마드모아젤 프랑수아가 종이와 연필을 나눠주었다. 그리곤 우리에게 그리고 싶은 것을 모두 그려보라고 했다. 난 알고 있다. 그의 파란 눈을 한층 더 커 보이게 하는 안경 너머로 프랑수아 박사는 우리의 머릿속을 들여다보려는 것이다. 그의 파란 눈은, 우리가 맞서 싸우던, 우리의 머리와 나머지 몸통을 작고 사악한 포탄으로 두 동강 내고자 했던 적군들의 파란 눈과는 달랐다. 꿰뚫어 보는 듯한 그의 파란 눈은 우리의 머리를 구제하기 위해 우리를 유심히 살피고 있었다. 난 알았다. 우리의 그림이 전쟁으로 피폐해진 우리의 정신을 씻어주는 역할을 할 것임을 난 이해하고 있었다. 난 안다. 프랑수아 박사는 전쟁으로 오염된 우리의 머리를 정화하는 사람이라는 사실을 난 알고 있다. 신의 진실로 말하노니, 프랑수아 박사는 사람을 편하게 해주는 사람이었다. 그는 우리에게 거의 아무 말도 하지 않았다. 그는 눈으로만 말했다. 백인들의 학교에 다녔던 마뎀바와 달리, 불어를 할 줄 모르는 나에겐 잘된 일이었다. 그래서 난 프랑수아 박사에게 내 그림으로 말했다. 프랑수아 박사는 내 그림을 아주 좋아했다. 그는 그러한 사실을 미소 지으며 날 바라볼 때, 눈빛을 통해 말하곤 했다. 프랑수아 박사는 머리를 끄덕였고, 난 그가 내게 말하고자 하는 바를 이해했다. 그는 내가 그림을 아주 잘 그리며, 내 그림이 많은 이야기를 담고 있다고 말하고자 했다. 나는 알고 있다. 내 그림들이 나의 이야기를 하고 있다는 사실을 나는 금방 이해했다. 프랑수아 박사가 내 그림을 하나의 이야기로 이해했다는 것을 나는 알고 있었다.

내가 처음 프랑수아 박사가 준 종이에 그린 것은 한 여자의 두상이었다. 나는 내 어머니의 두상을 그렸다. 신의 진실로 말하노니, 내 기억 속에 어머니는 아주 아름다운 여자였다. 나는 서아프리카풍 보석들로 정성껏 장식한 뾀족의 머리를 그렸다. 프랑수아 박사는 내 그림의 아름다운 세부 묘사를 보며 믿을 수 없다는 표정을 짓곤 했다. 안경 너머에서 빛나는 그의 커다란 파란 눈이 그 사실을 선명하게 말해주었다. 연필 하나만 가지고, 나는 어머니의 얼굴에 생명력을 부여했다. 나는 알고 있다. 나는 내 어머니의 초상화처럼, 여인의 초상화를 연필로 그릴 때, 무엇이 그림에 생명력을 부여하는지 금방 이해했다. 한 장의 종이 위에 생명력을 부여하는 것은 그늘과 빛을 조절하는 기술에서 나온다. 난 어머니의 커다란 눈에 광채를 부여했다. 그 광채는 종이에서 내가 검게 칠하지 않은 부위의 흰 불꽃을 통해 만들어졌다. 어머니 머리의 생동감도 내 연필이 가볍게 스쳐 간 종이의 작은 면에서 생겨났다. 신의 진실로 말하노니, 나는 알고 있었다. 단순한 연필 하나로 어떻게 하면, 귀에 육중한 귀걸이를 달고, 굽은 코날개엔 가늘고 붉은 금고리를 장식한 내 뻴족(Peuls)[12]어머니의 아름다움을 표현할 수 있는지, 나는 이해하고 있었다. 내 어린 시절 기억 속의 어머니가 얼마나 아름다웠는지, 나는 그림을 통해 프랑수아 박사에게 말할 수 있었다. 검게 칠한 눈썹, 고르고 하얀 아름다운 치아 위로 반쯤 벌어진 화장한 입술, 땋아 올린 머리 위로 흡사 금 조각을 흩뿌려 놓은 듯 치장한 어머니의 모습을 나는 표현할 수 있었다. 나는 빛과 그림자를 표현했다. 신의 진실로 말하노니, 내 그림은 너무도 생생하여, 프랑수아 박사는 내 어머니가 자기의 입술을 움직여, 자신은 내 곁을 떠났지만, 나를 잊지 않았노라 말하는 소리를 들을 수 있었을 것이다. 그녀는 나를 내 늙은 아버지 손에 남겨두고 떠났지만, 여전히 나를 사랑하고 있었다.

    내 어머니는 내 아버지의 네 번째 부인이자 마지막 부인이었다. 어머니는 아버지에게 기쁨의 근원이자 고통의 근원이었다. 내 어머니는 유로 바Yoro Ba의 외동딸이었다. 유로 바는 남쪽으로 유목하며 방목을 하던 시기에, 매년 가축 떼를 몰고 와 내 아버지의 밭 한가운데를 지나던 뻴족(Peuls) 유목민이었다.

---

12   Peuls : 서아프리카의 약 15개 나라에 걸쳐 넓게 거주하며, 전통적으로 유목을 하는 아프리카의 부족이다.

세네갈강의 계곡으로부터 온 그의 가축 떼들은, 건기 동안에 언제나 풀이 무성한 간디올 지역의 니아이가의 초원으로 이동해 왔다. 유로 바는 우리의 늙은 아버지를 좋아했다. 내 아버지가 자신의 우물을 이용할 수 있게 해주었기 때문이다. 신의 진실로 말하노니, 간디올의 농부들은 뻴족 출신의 유목인들을 좋아하지 않았다. 하지만 내 아버지는 다른 농부들과 달랐다. 우리 아버지는 유로 바의 가축 떼를 위해 자신의 우물로 가는 밭 한가운데의 길을 열어주었다. 내 아버지는 듣고자 하는 모든 이들에게 모든 사람이 더불어 살아가야 한다고 말하곤 하셨다. 내 아버지는 핏속에 타인에 대한 환대의 태도를 간직하고 있는 사람이었다.

뻴족의 명성에 걸맞은 뻴족인에게 귀한 선물을 했다면, 누구든 융숭한 답례를 기대할 수 있다. 특히 유로 바처럼 걸출한 뻴족이 자신이 이끄는 가축 떼에게 물을 먹이기 위해서 우물로 가게 해달라는 부탁을 우리 아버지에게 했다면, 매우 중요한 선물이 답례로 돌아올 것은 분명한 일이었다. 신의 진실로 말하노니, 이는 내 엄마가 내게 해준 말이었다 "자신이 갚을 수 없는 선물을 받은 뻴인은 고통으로 죽을 수도 있다. 뻴족인들은 그리오 루앙제르(Griot louangeur : 이야기꾼, 가수)[13]에게 보답하기 위해 줄 것이 옷밖에 없다면, 기꺼이 그 옷을 벗어준단다." 엄마는 말씀하셨다. 진정한 뻴인은 친절을 베푼 이에게 줄 것이 진정 자기 몸밖에 없다면, 기꺼이 귀 한 조각이라도 잘라서 나눠 주는 사람이라고.

홀아비였던 유로 바에게, 그가 이끄는 희거나, 붉거나, 검은 소 떼 외에 그가 가진 것 중 가장 소중한 존재는 6명의 자녀 가운데 유일하게 여자인 그의 딸이었다. 신의 진실로 말하노니, 유로 바에게 자기 딸, 펜도 바$^{Penndo\ Ba}$는 가치를 따질 수 없는 소중한 존재였다. 유로 바에게 자기 딸은 왕자의 배필이 될만한 인물이었다. 펜도 바는 그에게 왕실의 지참금을 받게 해줄 수 있는 딸이었다. 그는 펜도 바를 왕실과 혼인시켜 거대한 가축 떼나 적어도 낙타 30마리 정도는 받을 수 있었을 것이다.

유로 바는 그 명성에 걸맞은 뻴족이었기에, 내 아버지에게 이렇게 말했다. 다음번 이동하게 될 때, 그의 딸 펜도 바를 결혼 상대로 주겠노라고. 유로 바는 딸에 대한 지참금을 요구하지

---

13 Griot louangeur: 서아프리카 구술 문화를 대변하는 사람들로, 지역의 전통, 역사, 가치를 암송하여 노래와 이야기로 들려주는 이들이다. 특히 민족에게 전해져 내려오는 구술 설화를 간직하고 있다가 들려주는 역할을 해왔다.

않았다. 그가 바란 것은 한가지 뿐이었다. 내 아버지가 그의 딸 펜도 바와의 결혼식 날짜를 정해 달라는 것. 유로 바는 모든 것을 혼자서 마련했다. 그는 옷과 신부가 사용할 금으로 된 장신구들을 샀고, 20마리의 가축을 결혼식을 위해 잡았다. 그는 그리오 루앙제르에게 10여 미터 천을 지불했다. 수가 놓아진 두터운 능직포와 프랑스산의 가벼운 인도식 옷감이었다.

자신의 가축 떼에게 호의를 베풀어 준 사람에게 그 답례로 사랑하는 딸을 주겠다는, 진정한 명성에 걸맞은 뻴인에게 〈아니요〉라고 말할 순 없다. 그에게 〈왜?〉냐고 물을 수는 있지만, 그에게 〈아니요〉라고 말할 순 없는 법이다. 신의 진실로 말하노니, 내 아버지는 유로 바에게 〈왜?〉냐고 물었다. 그는 이렇게 답했다고, 내 엄마가 말해주었다.

"바시류 쿰바 니아이Bassirou Coumba Ndiaye, 당신은 순박한 농부요. 하지만 당신은 고귀한 사람이요. 뻴족의 속담처럼 "사람이 살아 있는 한, 누구든 새롭게 창조되길 멈추지 않은 법이지요." 내 인생에서 많은 사람을 만났지만, 어떤 사람도 당신 같진 않았소. 나의 지혜를 키우기 위해 당신의 지혜를 이용하고자 하오. 당신은 마치 왕자의 그것과도 같은 환대의 감각을 지녔소. 당신에게 내 딸 펜도 바를 줌으로써, 자신이 왕인지 모르는 당신과 인연을 맺고 싶소. 당신에게 펜도 바를 배우자로 줌으로써 나는 부동성과 유동성, 멈춰버린 시간과 흐르는 시간, 과거와 현재를 화해시키려 하오. 나는 뿌리 뽑힌 나무들과 그들의 잎을 흔드는 바람, 땅과 하늘을 화해시키고자 하오."

당신에게 자기의 핏줄을 주고자 하는 뻴인에게 〈싫다〉고 말할 수는 없는 법이다. 하여 이미 세 명의 아내가 있던 내 아버지는 세 아내의 동의하에, 네 번째 아내에 대한 제안에 〈좋소〉라고 답했다. 그리고 내 아버지의 네 번째 아내인 펜도 바는 나를 낳았다.

펜도 바가 결혼한 후 7년 뒤, 그리고 내가 태어난 지 6년 뒤부터 유로 바와 그의 다섯 아들, 그리고 그들의 가축들은 더 이상 간디올에 나타나지 않았다.

두 해가 지나는 동안, 펜도 바는 그들의 귀환을 손꼽아 기다렸다. 펜도 바는 다른 아내들, 그의 남편, 그리고 외아들인 나에게 여전히 상냥하게 굴었다. 하지만 그녀는 행복하지 않았다. 그녀는 이 정주하는 삶을 참을 수 없었다. 펜도 바가 내 늙은 아버지를 남편으로 받아들였을 때, 그녀는 이제 막 소녀 시절을 벗어날 무렵이었다. 그녀는 내 아버지와의 결혼을 자신의 아버지에 대한 존중, 그가 한 말에 대한 존중의 마음에서 받아들였다. 펜도 바는 결국 내 아버지 바시루 쿰바 니아이를 좋아하게 되었다. 그는 그녀와 정확히 반대였기 때문이다. 그는 변함없는 풍경처럼 늙었고, 그녀는 변화무쌍한 하늘처럼 젊었다. 그는 바오밥 나무처럼 움직이지 않았고, 그녀는 바람처럼 늘 흔들렸다. 때로 정 반대되는 사람들은 서로에게 매혹되곤 한다. 그들이 서로 떨어져 있기만 하다면 말이다. 펜도 바는 결국 내 늙은 아버지를 사랑하게 되었다. 그는 모든 땅과 돌아오는 계절의 지혜를 함께 지니고 있었기 때문이다. 내 늙은 아버지는 펜도 바를 우상처럼 숭배했다. 그녀는 그와 완전히 달랐기 때문이다. 그녀는 움직임이었고 유쾌한 불안이었으며, 새로움이었다.

하지만 펜도 바는 결혼 후 7년 동안, 자신의 아버지와 형제들이 매년 그녀를 보러 간디올에 가축들을 몰고 와주었기에, 그 정주하는 삶을 견딜 수 있었다. 그들은 여행의 향기를 함께 실어 왔다. 그녀의 친정 식구들에게선 들판에서 야영하는 삶의 향기, 굶주린 사자들로부터 가축들을 지키기 위해 밤샘하는 삶의 거친 냄새들이 묻어났다. 그들의 눈빛 속엔, 결코 버려지는 법이 없는, 자기 가축들에 대한 끈끈한 기억이 담겨 있었다. 그들은 자신들의 길 잃은 가축들을, 죽었든 살아있든 기어이 찾아내고야 말았다. 그들은 그녀에게 한낮의 먼지 속에서 잃어버린 길, 희미한 별빛 속에서 되찾은 길에 대해서 얘기해줬다. 매년 니아이가의 늘 푸른 초원으로 자신들의 희거나, 붉거나, 검은 소 떼를 몰고 간디올로 올 때면, 그들은 펜도에게 뻴족의 음악적 언어 퓔퓔데어로 유목하는 삶의 날들에 대해서 얘기해 줬다.

간디올에 정착한 이후, 유목하는 친정 피붙이들의 귀환을 기다리는 마음으로 삶을 견뎌온 펜도 바는 그들이 모습을 드러내지 않던 첫해부터 시들어가기 시작했다. 그다음 해에도 그들이 오지 않자, 그녀는 더 이상 웃지 않게 되었다. 그들이 귀환했어야 했던, 건기의 모든 날의 아침마다, 그녀는 나를 데리고 유로 바가 그의 소 떼에게 물을 먹이던 우물가로 갔다. 그녀는 내 아버지가 초원 한가운데로 그들을 위해 낸 길을 슬픈 얼굴로 바라보았다. 그녀는 유로 바와 그녀의 형제들이 몰고 오는 가축들의 울음소리를 듣고자 귀를 기울였다. 마을에서 북쪽으로 가장 멀리 떨어진 경계선에서 무의식중에 흘러가 버린 두어 시간의 기다림 끝에 간디올로 함께 돌아오던 길에서 나는 고독과 후회로 넋이 나간 엄마의 눈을 몰래 바라보곤 했다.

펜도 바를 사랑하던 내 아버지가 그녀에게 유로 바와 형제들을 찾으러 떠나라고 말했을 때, 나는 9살이었다. 내 아버지는 그녀가 말라 죽는 것보단 차라리 떠나기를 원했다. 나는 알았다. 내 아버지는 그녀가 집안에서 죽어 간디올 묘지에 누워있기보다는 먼 곳에서라도 살아 있기를 바랐던 거라고 나는 이해하게 되었다. 나는 그 사실을 알았다. 아버지는 펜도 바가 우리를 떠나자마자 노인이 되어버렸기 때문이다. 그녀가 떠난 다음 날, 아버지의 머리는 금세 하얗게 새어버렸다. 그녀가 떠난 다음 날, 그의 등은 굽어 버렸다. 그녀가 떠난 다음 날, 내 아버지는 움직일 수 없게 되었다. 펜도 바가 떠나자마자, 내 아버지는 그녀를 기다리기 시작했다. 신의 진실로 말하노니, 그 누구도 그를 놀릴 생각을 할 수 없었다.

펜도 바는 나와 함께 떠나고 싶어 했다. 그러나 내 늙은 아버지는 거절했다. 아버지는 내가 모험을 떠나기엔 너무 어린 나이라고 말했다. 어린아이를 데리고서 유로 바를 찾아 나선다는 것은 쉽지 않은 길이었을 테니. 하지만 난 알고 있었다. 아버지는 그녀가 나를 데리고 떠나면 영영 다시 돌아오지 않을까 봐 두려웠던 것 같다. 간디올에 남아있던 나는, 그녀가 다시 집으로 돌아와야 할 매우 매우 귀중한 이유가 되었으리라. 신의 진실로 말하노니, 내 아버지는 펜도 바를 사랑했다.

어느 날 밤, 집을 떠나기 직전, 나의 엄마 펜도 바는 나를 팔로 꼭 끌어안았다. 엄마는 자신의 노래하는 듯한 언어, 지금은 들은 지 오래되어 알아듣지 못하는 퓔퓔데어로 내게 말했다. 너도 이제 다 컸으니까 엄마가 떠나는 이유를 알아도 된다며. 엄마는 내 외할아버지와 삼촌들, 그리고 그들의 가축들에게 무슨 일이 일어났는지 알아야 한다고 했다. 사람은 생명을 준 이들을 결코 포기할 수 없는 법이다. 그들에게 무슨 일이 일어났는지 알게 되면 돌아오겠다고 했다. 엄마는 자신이 생명을 준 존재 또한 결코 그냥 버려두지 않을 것이다. 신의 진실로 말하노니, 내 엄마의 말은, 날 기쁘게 하는 동시에 아프게 하기도 했다. 엄마는 날 꽉 껴안고 더 이상 아무 말도 하지 않았다. 늙은 아버지가 그러했듯, 나 역시 엄마가 떠나자마자 그녀를 기다리기 시작했다.

내 늙은 아버지는 내 이복형인 어부 니아가에게 펜도 바를 강가의 최북단, 그리고 동쪽 끝까지 데려다주라고 했다. 엄마는 내가 엄마를 반나절 동안 동행할 수 있도록 아버지의 허락을 받았다. 니아가는 작은 카누를 우리가 탄 큰 카누 뒤에 매달았다. 또 다른 이복형제 살리우는 때가 되면 나를 작은 카누에 싣고 간디올로 되돌아올 것이다. 카누의 뱃머리 쪽에 앉아 손을 마주 잡은 엄마와 나는 아무 말도 하지 않았다. 우리는 함께 수평선을 무심코 바라보았다. 변덕스럽게 이리저리 물결치는 강물의 흔들림 때문에, 내 머리는 종종 엄마의 어깨에 가 닿곤 했다. 내 오른쪽 귀에 와 닿는 엄마의 피부에서는 열이 번쩍 느껴졌다. 난 내 머리가 행여 엄마의 어깨에서 떨어질세라 엄마의 팔에 단단히 매달렸다. 우리가 무사하기를 바라며 마을을 떠나며 바쳤던 공양주에도 불구하고, 나는 마메 쿰바 방 여신이 우리를 오랫동안 강 한가운데 붙잡아두기를 바랐다. 내 이복형제들, 니아가와 살리우가 강한 물살을 거슬러 오르기 위해, 있는 힘을 다해 노를 젓고 있었음에도 불구하고 난 마메 쿰바 방 여신이 우리의 카누를 그의 긴 강물의 팔과 밤색 미역의 머리칼로 감싸 우리의 도착을 늦춰 주길 기도했다. 물 위의 보이지 않는 고랑을 찾아 뱃길을 다 잡느라 고되고 숨이 찼던 내 이복형제들은 내내 침묵을 지켰다. 그들은 외아들과 이별해야 하는 내 어머니를 마음 아파하는 것처럼 엄마와 떨어져야 하는 나를 슬퍼했다. 내 이복형제들도 펜도 바를 좋아했다.

　이별의 시간이 왔다. 모두가 말없이 머리를 숙이며 눈을 아래로 떨궜다. 우리는 그녀가 우리를 축복해 줄 수 있도록, 손을 모아 그녀를 향해 내밀었다. 우리는 그녀의 속삭이는 듯한 알 수 없는 기도, 그녀가 우리보다 잘 알고 있는 코란의 축복 기도를 오랫동안 들었다. 그녀가 침묵할 때, 우리는 기도의 작은 숨결까지 모으기 위해, 마치 샘물에서 물을 마시듯, 내밀었던 손바닥을 얼굴에 가져다 댔다. 그리곤, 살리우와 나는 작은 카누로 옮겨탔다. 니아가는 알 수 없는 화와 눈에 가득 고인 눈물을 떨쳐내려는 듯 거칠게 작은 카누를 큰 카누에서 떼어냈다. 엄마는 내 모습을 자신의 기억 속에 마지막으로 각인시키려는 듯, 날 찬찬히 바라보았다. 내가 탄 카누는 부드럽게 찰랑거리는 물결에 실려 떠내려가기 시작했다. 엄마는 등을 돌렸다. 나는 알고 있다. 그때 엄마는 내가 그녀의 우는 모습을 보길 원치 않았다는 것을. 신의 진실로 말하노니, 진정한 뾜족 여성은 아들 앞에서 눈물을 보이지 않는다. 난, 그때 아주 많이많이 울었다.

아무도 펜도 바가 어떻게 되었는지 진정으로 알지 못한다. 내 이복형제 니아가는 그녀를 생루이시까지 카누로 데려다주었다. 거기서, 그는 사디부 게예라는 이름의 어부에게 양 한 마리의 뱃삯을 주고, 그녀를 안내해 주라고 부탁했다. 그는 그녀를 자신의 상업용 카누로 왈랄데까지 데려다주기로 약속했다. 거기는 유로 바와 그의 다섯 형제, 가축들이 이맘때면 야영을 하며 보내는 곳이었다. 그러나 강물의 수위가 너무 낮아서, 자신의 배를 띄울 수 없게 되자, 어부는 그의 사촌 바다라 디오에게 왈랄데까지 강변을 따라 도보로 그녀를 안내해 주라고 부탁했다. 며칠 뒤, 음보요 마을 근처에서 두 사람을 보았다는 목격자가 있었으나, 그 뒤로 두 사람의 종적은 감쪽같이 사라졌다. 내 엄마와 바다라 디오는 왈랄데에 도착하지 않았다.

내 아버지는 일 년간 엄마와 유로 바의 소식을 기다리다 지쳐, 이복형 니아가를 보내 사디부 게예에게 엄마를 도보로 안내하기로 했다던 바다라 디오의 안부를 묻게 했다. 그는 곧바로 바다라 디오가 살고 있던 포도르에 갔다. 바다라 디오의 가족은, 당시 한 달 동안 그로부터 아무 소식이 없자, 그가 내 엄마와 함께 나섰다던 길을 찾아서 그의 종적을 수소문해 보았다고 했다. 그들은 피눈물을 흘리며, 그들에게 불행이 닥친 것 같다고, 사디부 게예에게 말했다. 바다라와 펜도는 둘 다 십여 명의 무어인 기병들에게 납치당했음이 틀림없다는 것이다. 직전에 마을 사람들이 강가에서 그들의 흔적을 목격한 바 있었다. 북쪽 무어인들은 노예로 삼기 위해 흑인들을 납치해 가곤 했다. 나는 안다. 그토록 아름다운 펜도 바를 본 그들이 자신들의 부족장에게 낙타 30마리를 받고 팔려고 그녀를 납치하지 않았을 리 없다. 나는 안다. 그들은 증거를 남기지 않기 위해 엄마의 길을 안내하던 바다라 디오까지 납치했을거란 사실을, 나는 알고 있다.

펜도 바가 무어인들에게 납치되었다는 소식을 접하자마자, 내 아버지는 돌이킬 수 없는 노년으로 접어드셨다. 그는 여전히 웃고, 미소 지으며 세상과 자신에 대해 농담을 하곤 했지만, 그는 더 이상 같은 사람이 아니었다. 신의 진실로 말하노니, 그는 갑자기 자신의 생명력의 절반을 잃어버렸다. 그는 살아가는 기쁨의 절반을 갑자기 상실했기 때문이다.

XVII

　내가 프랑수아 박사에게 보여주기 위해 그렸던 두 번째 그림은 내 영혼의 친구, 마뎀바의 초상화였다. 이 그림은 앞의 그림보다 덜 아름다웠다. 내가 그림을 잘못 그려서가 아니라, 마뎀바가 못난이였기 때문이다. 꼭 그게 사실은 아니더라도, 난 여전히 그렇게 생각한다. 죽음이 우리를 갈라놓았지만, 우리의 농담 코드는 여전히 우리 둘 사이에 남아있다. 겉모습으론 마뎀바가 나만큼 아름다운 모습을 갖고 있지 않았어도, 내면은 그가 훨씬 더 아름다웠다.

　내 어머니가 떠나고 돌아오지 않았을 때, 마뎀바는 나를 그의 집에 초대했다. 그는 내 손을 잡고, 그의 부모님의 동의하에 나를 그의 집 안으로 들였다. 마뎀바 집으로의 정착은 조금씩 진행되었다. 하룻밤을 그의 집에서 잤고, 이틀째 밤도 거기서 자게 되었다. 그리고 사흘째 밤도… 신의 진실로 말하노니, 마뎀바 디옵 가족의 삶 속에 내가 닻을 내리게 된 것은 자연스럽게 천천히 이뤄진 일이다. 내겐 더 이상 엄마가 없었다. 그런 나를 간디올에서 가장 안타까워하던 마뎀바는 자기 엄마가 나를 입양해 주길 원했다. 마뎀바는 내 손을 잡고 나를 아미나타 사르에게로 데려갔다. 그는 내 손을 자기 엄마 손 위에 놓고 이렇게 말했다.

"난 알파 니아이가 우리 집에서 살면 좋겠어요. 그리고 엄마가 그의 엄마가 되어주면 좋겠어요." 내 아버지의 다른 아내들은 나에게 못되게 굴지 않았다. 그녀들은 내게 친절했다. 특히 내 이복형제인, 니아가와 살리우의 어머니인 첫째 부인은 나에게 잘 대해줬다. 그럼에도 불구하고 나는 서서히 내 가족을 떠나 마뎀바의 가족 속으로 들어갔다. 내 늙은 아버지는 별말 없이 나의 선택을 받아들였다. 그는 나를 입양하고자 하는 마뎀바의 엄마, 아미나타 사르에게 〈좋습니다〉 하고 말했다. 아버지는 심지어 매년 타바스키(이슬람력 12월 10일에 열리는 제물을 바치는 중요한 축제)에 가장 좋은 양을 아미나타 사르에게 보내주라고 첫 번째 아내인 아이다 음벵그에게 말했다. 그는 매년 마뎀바 가족에게 양 한 마리를 보냈다. 내 늙은 아버지는 눈물 없이는 날 볼 수 없어 했다. 난 알고 있었다. 내가 나의 엄마 펜도 바를 너무도 닮았기 때문이었다.

슬픔은 서서히 떠나갔다. 마뎀바와 그의 어머니 아미나타 사르는 시간이 흐르면서 내가 차츰 가슴 후비는 고통과 슬픔에서 벗어나도록 도와주었다. 초기에 마뎀바와 나는 언제나 북쪽 관목 숲으로 놀러 나가곤 했다. 그와 나는 우리가 왜 자꾸 북쪽으로 가려 하는지 알고 있었다. 하지만 우린 나의 엄마 펜도와 유로 바, 그리고 그의 다섯 명의 형제, 가축 떼를 처음으로 발견하는 사람이 되고자 하는 희망에 대해선 입을 다물었다. 우리는 아미나타 사르에게 우리가 하루 동안 여행한 북쪽 지역에 관해 이야기했다. 우린 덫을 이용해 케비지야자 들쥐들을 잡고, 멧비둘기들을 돌로 사냥했다고 말하곤 했다. 그녀는 우리의 여행길을 축원하며, 소소한 음식과 세줌의 소금, 물 한 병을 준비해주곤 했다. 케비지야자 들쥐나 멧비둘기를 잡으면 우리는 내장을 비우고, 털을 뽑거나 해체한 후, 마른 나뭇가지들을 주워 피운 불 위에 꼬치를 얹어, 구워 먹었다. 우리가 구해온 가시덤불의 껍질 사이로 기름기가 새어 나오면, 모닥불은 타닥타닥 소리를 내며 되살아났다. 모닥불에서 튕겨져 나오는 오렌지빛 불꽃을 보다 보면, 엄마의 부재가 가져다주는 창자를 비트는 듯한 고통을 잠시 잊게 된다. 대신 못지않게 창자를 비트는 배고픔에 대해 생각하게 된다. 우린 펜도 바가 믿을 수 없는 기적의 힘으로 무어인들로부터 탈출에 성공했을 거라고 꿈꾸기를 멈췄다. 그녀가 왈라데에서 아버지와 다섯 명의 형제들, 가축 떼를 찾아서 모두 다 함께 간디올로 돌아올 거라는 상상도 멈췄다. 엄마가 실종된 직후, 나는 내 절친 마뎀바와 함께 케비지야자 들쥐와 멧비둘기를 사냥하고, 구워 먹는데 몰두하는 것 외에 내 어머니의 돌이킬 수 없는 부재를 극복할 방법을 달리 알지 못했다.

마뎀바와 나, 우린 서서히 성장했다. 그러면서 서서히 펜도 바의 귀환을 기다리며 간디올 북쪽으로 떠나던 여행을 포기하게 되었다. 15살이 되던 해, 우린 같은 날 할례를 받았다. 우리는 마을의 같은 어른을 통해 어른으로 가는 비밀의 관문에 들어섰다. 그는 우리에게 어떤 태도를 지녀야 하는지 말해주었다. 그가 우리에게 알려 준 가장 큰 비밀은, 인간이 사건을 이끌어 가는 것이 아니라, 사건들이 인간을 이끌어 간다는 사실이다.

또한 인간을 엄습하는 사건들은 모두 앞선 또 다른 인간들에 의해 경험된 것이기도 하다는 사실이다. 인간의 모든 가능성이 느껴졌다. 우리에게 다가오는 그 어떤 사건도, 심각한 혹은 유익한 사건도 완전히 새로운 것은 아니다. 그러나 우리가 갖는 느낌은 언제나 새로운 것이다. 모든 사람은 유일한 존재이다. 한 나무에서 자란 모든 잎들이 유일한 존재이듯. 사람은 다른 사람들과 같은 수액을 나눈다. 하지만 그들은 그것을 각자 다르게 수용한다. 하늘 아래 새로운 것은 없듯이, 새로운 일이 진정으로 새롭진 않더라도, 끊임없이 세상으로 밀려오는 세대, 그 다음 세대, 파도, 그다음 파도에겐 언제나 새로운 것이다. 따라서, 인생에서 길을 잃지 않고, 자신을 찾기 위해선, 자신에게 주어진 의무의 목소리를 들어야 한다. 지나치게 스스로 생각하는 것은 의무를 배신하는 것이다. 이 인생의 비밀을 이해하는 자는 평화롭게 살 수 있는 행운을 얻은 것이다. 그러나, 무엇도 확실한 것은 없다.

나는 키가 커졌고, 힘도 세졌다. 마뎀바는 여전히 작고, 허약했다. 매년 건기가 찾아오면, 엄마 펜도 바를 보고 싶은 마음이 목구멍까지 차오르곤 했다. 육체를 지치게 만드는 것 말고는 엄마를 내 머릿속에서 쫓아낼 방법을 나는 알지 못했다. 나는 아버지의 밭에서 일하다가 마뎀바의 아버지 밭에서도 일했다. 나는 춤을 췄고, 수영을 했고, 싸웠다. 내가 그러는 동안 마뎀바는 언제나 앉아서 공부하고, 공부하고 또 공부에만 전념했다. 신의 진실로 말하노니, 마뎀바는 간디올에서 아무도 다다르지 못한, 성서를 통달했다. 그는 열두 살에 코란을 완전히 암송했다. 난 열다섯 살 무렵에 간신히 기도문을 어름어름 말할 수 있었을 뿐이다. 우리의 이슬람 원로보다 더 많은 것을 알게 되고 난 후, 그는 백인들의 학교에 가고 싶어했다.

아버지 디옵 경은 아들이 자기처럼 농부로 머무는 것을 원치 않았기에, 내가 그를 동행해 주는 조건으로 그의 청을 수락했다. 수년 동안, 나는 학교 문 앞까지 그를 바래다주었다. 한 번도 학교 문 안으로 발을 들인 적은 없었다. 그 무엇도 내 머릿속을 뚫고 들어올 수는 없었다. 나는 안다. 엄마에 대한 기억이 내 모든 정신의 표면을 꼼짝없이 옭아매 장악해 버렸다는 사실을 나는 알고 있다. 나는 안다. 그 딱딱한 껍질 아래론 오직 기다림의 공간만이 오롯이 남아있을 뿐이라는 사실을…. 신의 진실로 말하노니, 지식의 공간은 이미 차 있었다. 그래서 나는 내 육체적 힘의 극단적인 한계를 시험하기 위해, 밭에서 일하고, 춤추고, 싸우는 것을 택했다. 엄마 펜도 바의 불가능한 귀환을 더는 생각하지 않기 위해서. 마뎀바가 죽고 난 후에야, 그 안에 감춰져 있던 것이 무엇인지를 관찰할 수 있도록 내 정신의 문이 열리기 시작했다. 마뎀바의 죽음과 함께 하늘에서 뚝 떨어진 전쟁의 금속성 낟알들이 내 정신의 두꺼운 껍질을 두 동강 냈는지도 모르겠다. 신의 진실로 말하노니, 하나의 새로운 고통이 내 오랜 고통에게 다가와 함께 하고 있었다. 두 개의 고통은 마주 앉아 서로를 고찰했고, 서로에게 설명했으며, 서로에게 의미를 부여했다.

우리가 이십 대에 접어들었을 때, 마뎀바는 전쟁에 나가고 싶어 했다. 학교는 조국을 구해야 한다는 생각을 그의 머릿속에 집어넣었다. 마뎀바는 생루이[14]에 사는 위대한 사람, 프랑스 시민이 되고 싶어 했다 : "알파, 세상은 넓고, 나는 그 세상을 누비며 다니고 싶어. 전쟁은 간디올을 떠날 수 있게 해줄 기회야. 신이 허락한다면, 우리는 건강하고 무사하게 돌아올 수 있을 거야. 우리가 프랑스 시민이 된다면, 우리는 생루이에 정착할 거고, 우린 거기서 장사를 할 거야. 우리는 도매상인이 되어, 세

---

14 Saint-Louis : 세네갈 북부에 위치한 세네갈의 대도시이자 역사적으로 가장 중요한 도시다. 1895-1902 서아프리카의 프랑스령 수도였다. 도시의 일부가 유네스코 문화유산으로 지정되어 있다.

네갈 북부 지역의 모든 가게에 식료품들을 공급할 거야. 물론 간디올까지도! 부자가 되면, 우린 너의 어머니를 찾아 나서서 그녀를 구하고, 네 어머니를 납치해 간 무어인 병사들에게 값을 치르고 어머니를 모셔올 수 있을 거야." 나는 그의 꿈을 따랐다. 신의 진실로 말하노니, 나는 그에게 빚을 졌다. 그리고 만약 나도 위대한 어떤 사람이 된다면, 나는 세네갈의 저격병이 될 거라고 생각했다. 때때로 파견 부대와 함께 왼손엔 규제 소총을 매고 오른손엔 가지치는 칼을 들고서 북부 무어인 부족을 방문할 수도 있을 것이다.

처음엔 군 면접관이 마뎀바에게 〈안된다〉고 말했다. 마뎀바는 너무도 허약하고 가벼웠으며 왕관 두루미처럼 말랐다. 마뎀바는 전쟁에 나가기엔 적합하지 않았다. 그러나, 신의 진실로 말하노니, 마뎀바는 고집이 셌다. 마뎀바는 내게 자신의 허약한 육체를 극복할 수 있게 도와달라 부탁했다. 그는 당시까지는 정신적 스트레스에 대해서는 걱정하지 않았다. 그리하여 두 달 동안, 나는 마뎀바가 자신이 가진 작은 근력들을 조금씩 키울 수 있게 훈련 시켰다. 나는 마뎀바에게 한낮의 타오르는 태양 아래 뜨거운 모래밭 위를 달리게 했고, 수영으로 강을 건너게 하였으며, 그의 아버지의 밭을 괭이로 수 시간 동안 내려치게 했다. 신의 진실로 말하노니, 나는 마뎀바에게 응고된 우유와 땅콩 반죽, 엄청난 양의 조를 섞어 만든 만든 죽을 먹게 했다. 이는 투사라는 이름에 걸맞은 진짜 투사들이 먹었던 보양식이다.

두 번째 면접에서, 군 면접관은 〈합격〉이라고 말했다. 그들은 마뎀바를 알아보지 못했다. 그는 왕관 두루미에서 제법 살찐 자고새[15]가 되었다. 나는 프랑수아 박사에게 마뎀바 디옵의 얼굴에 번지던 웃음을 그려 보여주었다. 네가 격투사가 되고 싶다면, 너의 격투사로서의 별명은 이미 정해져 있어. "멧비둘기 가슴!"이라고 내가 마뎀바를 놀릴 때, 그는 환한 미소로 웃곤 했다. 너의 토템은 네가 완전히 변해서 널 알아볼 수 없을 거라고 덧붙이자, 크게 웃던 그의 모습을 표현하고자 나는 눈가의 주름에 그늘과 빛을 그려 넣었다.

---

15   자고새 : 꿩과에 속하는 깃털 달린 수렵육

XVIII

　프랑스로 출발하기 전날, 파리 티암은 우리 또래의 여자들과 남자들에 둘러싸인 가운데 조심스럽게 눈으로 동의를 표했다. 보름달이 뜬 날 밤이었다. 우린 스무 살이었고, 우린 마냥 웃고 싶었다. 우리는 번득이는 풍자 가득한 농담들과 수수께끼를 밤새 나누었다. 전장으로 떠나기 전날 밤, 우리가 하얗게 지새운 밤샘의 여흥은, 더 이상 4년 전처럼 마뎀바 부모님의 허락 속에서 마뎀바네 집 마당에서 열리지 않았다. 마뎀바의 어린 동생들은 우리의 야릇한 이야기를 들으며 잠들기엔, 이제 너무 커 버렸다. 우린 마을의 거리 한 귀퉁이, 모래가 깔린 자리에 커다란 돗자리를 펴고 망고나무의 낮게 드리워진 가지 아래 앉아

있었다. 가슴과 허리, 엉덩이 곡선이 드러나는 겨자색 옷을 입고 있던 파리는 그 어느 때보다 아름다웠다. 달빛 아래에서 그녀의 옷은 하얀색으로 보였다. 파리는 내게 깊고 다급한 시선을 보내며 "알파, 뭔가 중요한 일이 일어날 거야!"라는 메시지를 보냈다. 파리는 우리가 16살이었을 때, 첫눈에 나를 선택했던 그날 밤처럼, 내 손을 잡고 재촉했다. 그녀는 내 몸의 한가운데를 은밀한 시선으로 바라보며 일어섰고, 모임을 떠났다. 나는 그녀가 거리 구석으로 사라질 때까지 기다렸다가 그녀의 뒤를 따라 일어섰다. 나의 그녀의 움푹 파인 곳으로 들어가려는, 그녀의 내가 거기로 들어오기를 바라는 서로의 강렬한 열망으로, 강의 여신 마메 쿰바 방을 마주칠 수 있다는 두려움도 잊은 채, 우리는 작은 흑단나무 숲으로 향했다.

나는 안다. 내가 마뎀바와 함께 전쟁으로 떠나기 전날 밤, 왜 파리 티암이 자신의 몸을 열어 나를 초대했는지 알고 있다. 파리 티암의 몸속은 따뜻했고, 부드러웠으며, 달콤했다. 파리 티암의 몸속보다 따뜻하고 부드러우며 달콤한 것을 나는 입으로도 피부로도 일찍이 맛본 적이 없었다. 파리의 몸속으로 들어간 내 몸의 일부는 위에서 아래까지 그토록 포근하게 감싸 주는 환대를 경험한 적이 없다. 내가 종종 배를 깔고 누워 즐거움을 누리던 바닷가의 따뜻한 모래사장에서도, 강물 속에서 비밀스럽게 행해지던 비누칠한 손의 애무 속에서도 이런 달콤함은 느껴본 적이 없었다. 신의 진실로 말하노니, 나는 인생에서 파리의 몸속의 그 부드럽고 촉촉한 온기보다 더 좋은 것을 알지 못한다. 그리고 나는 안다. 왜 그녀가 제 가족의 명예를 훼손하며 나에게 그것을 맛보게 하였는지 나는 알고 있다.

파리는 나보다 앞서 스스로 생각하기를 시작한 것 같다. 그녀는 내가 가진 아름다운 육체가 전쟁터에서 사라지기 전에 이 달콤한 행복을 알게 되기를 바랐던 것이다. 나는 안다. 파리는 내가 나의 아름다운 몸을 피 터지는 전투에 바치러 가기 전에, 나를 완성된 남자로 만들어 주고 싶었던 것이다. 바로 이것이, 관습적 금기에도 불구하고, 파리가 내게 자신을 허락해 준 이유이다. 신의 진실로 말하노니, 나의 몸은 파리 이전에도 모든 종류의 커다란 환희를 두루 맛보았다. 나는 여럿을 연속적으로 상대하는 격투기에서 내 힘을 경험했다. 나는 수영으로 강을 가로지른 후, 해변의 모래밭 위를 따라 달리며 내 몸이 저항할 수 있는 한계의 끝까지 가보곤 했다. 뜨거운 태양 아래 바닷물로 몸을 적시기도 했고, 내 아버지와 디옵 경의 밭에서 수 시간 동안 괭이로 힘껏 땅을 내려친 후, 간디올 우물에서 퍼 올린 신선한 물로 갈증을 채우기도 했다. 신의 진실로 말하노니, 내 몸은 힘의 한계에 도달하는 기쁨을 알고 있었다. 그러나, 파리의 그 따뜻하고, 부드러우며 달콤한 몸속에서 경험하는 것보다 더 강렬한 몸의 기쁨은 없었다. 신의 진실로 말하노니, 파리는 전장에 나가는 젊은 남자에게 전날 밤 줄 수 있는 가장 아름다운 선물을 나에게 준 것이다. 이 모든 육체의 즐거움을 알지 못하고 죽는 것은 온당치 못하다. 신의 진실로 말하노니, 나는 마뎀바가 한 여자의 몸 안으로 파고 들어가는 즐거움을 알지 못했다는 것을 잘 알고 있다. 그는 남자로서 완성되기도 전에 죽고 말았다. 그가 사랑하는 여인의 몸속을, 그 부드럽고 촉촉하고 감미로운 포근함을 알았더라면, 그는 완성된 남자일 수 있었을 터였다. 완성되지 못한 안타까운 마뎀바.

나는 안다. 파리 티암이 마뎀바와 내가 전장으로 떠나기 전에, 어떤 이유에서 내게 몸을 허락해주었는지 나는 알고 있다. 마을이 전쟁에 대한 소문으로 뒤숭숭할 때, 파리는 프랑스와 그들의 군대가 나를 그녀로부터 데려갈 것임을 알고 있었다. 그녀는 알았다. 내가 영원히 그녀를 떠날 것임을 직감했다. 혹여 내가 전쟁에서 죽지 않더라도 다시는 간디올로 돌아오지 않을 것임을 그녀는 알았다. 내가 세네갈의 생루이에 마뎀바 디옵과 정착할 것이며, 내가 세네갈의 저격수 같은, 그럴듯한 어른이 되고 싶어 한다는 것을 알고 있었다. 내 늙은 아버지의 노후를 책임지고, 어느 날 내 어머니 펜도 바도 되찾아올 수 있을 정도로 넉넉한 연금을 받는 그런 사람 말이다. 파리 티암은 내가 죽던, 살든지 간에 프랑스가 그녀로부터 날 데려갈 것임을 알고 있었다.

바로 이것이, 내가 백인들의 전쟁터로 나가기 전에, 그녀가 나를 따뜻하고, 달콤하며 촉촉한 자신의 몸속으로 초대한 이유였다. 그녀 가족의 명예와 그녀 아버지의 나에 대한 증오심에도 불구하고, 파리는 나를 허락했다.

XIX

파리의 아버지 압두 티암Abdou Thiam은 간디올 마을의 대표자다. 마을의 관례법에 따라 압두 티암은 대표자로 선출됐다. 압두 티암은 내 아버지를 극도로 싫어했다. 내 늙은 아버지가 많은 사람이 모인 자리에서 그를 망신 주었기 때문이다.

압두 티암은 마을의 세금 징수원이기도 했는데, 어느 날 그는 마을의 모든 원로들을 소집해 회의를 열었다. 순식간에 모든 마을 사람들이 그 원로 회의를 둘러싸고 앉았다. 그는 최근 카요르[16] 국왕이 보낸 대사로부터 영감을 얻고, 생루이 지역 정

---

[16] Cayor : 까요르 왕국은 세네갈강과 살룸강 사이에 위치한 세네갈의 옛 왕국의 이름이다(1566-1886)

부가 파견한 사절과의 만남으로 한껏 고무돼 있었다. 압두 티암은 사람들에게 이제는 새로운 길을 따라야 한다고 역설했다. 조를 심기보다 땅콩을 심어야 하며, 토마토 대신 땅콩을, 배추 대신 땅콩을, 수박 대신 땅콩을 심어야 한다는 것이다. 땅콩만이 우리 모두에게 넉넉한 수익을 남길 것이며, 땅콩만이 세금을 낼 수 있는 돈이 될 거라고 했다. 땅콩만이 어부들에게 새로운 그물을 제공할 것이며, 땅콩만이 새로운 우물을 팔 수 있게 해줄 거라고 주장했다. 땅콩이 줄 돈은 곧 벽돌집이 되고, 물결 모양의 함석판으로 지붕을 올린 견고한 학교가 될 거라고 했다. 땅콩이 줄 돈은 곧 기차가 되고, 도로가 되며, 배의 모터가 될 것이며, 보건소가 되고, 산부인과 병원이 될 거라 주장했다. 또 마을 대표 압두 티암은 앞으로 땅콩 재배자들은 의무 노역이라는 사역에서 면제될 것이며, 여기에 반대하는 사람들에겐 그 같은 혜택이 없을 거라는 말로 연설을 마무리했다.

그때, 내 늙은 아버지가 일어나 발언을 청했다. 나는 그의 마지막 아들이자 막내이다. 내 아버지는 펜도 바가 우리 곁을 떠난 이후로, 머리 위에 흰 머리카락으로 지은 모자를 쓰고 다녔다. 내 아버지는 자기 아내들과 아이들을 배고픔으로부터 지켜내기 위해서 살아온 일상의 전사였다. 인생의 그 긴 항로에서,

내 아버지는 한결같이 자신의 밭과 과수원에서 나오는 열매들로 우리를 먹이셨다. 내 늙은 아버지는 가족인 우리를 자신이 키워내는 작물들처럼 성장시키고, 아름답게 키워냈다. 그는 수목과 과일들을 키워내는 경작자였고, 아이들을 키워내는 양육자이기도 했다. 우리는 그가 밭에 심어 키워내는 씨앗들처럼 곧고 강하게 성장했다.

내 늙은 아버지는 일어나 발언을 청했고, 그는 발언권을 얻어 이렇게 말했다 :

"나, 바시루 쿰바 니아이Bassirou Coumba Niaye는 시디 말라민 니아이Sidy Malamine Niaye의 손자이며, 내 조부께서는 우리 마을 5명의 설립자 중 한 분의 손자의 증손자요. 압두 티암, 나는 당신 마음에 들지 않을 이야기를 하고자 하오. 나는 내가 가진 밭 중 하나에 땅콩을 경작하는 것은 거부하지 않겠소. 그러나, 내 모든 밭을 땅콩 경작에만 바치라고 하는 요구는 거부하겠소. 땅콩으로 내 가족을 먹여 살릴 수는 없소. 압두 티암, 당신은 땅콩이 곧 돈이라 말했소. 그러나, 신의 진실로 말하노니, 나는 돈이 필요치 않소. 나는 내 밭에서 자라는 조와 토마토, 양파, 팥, 수박으로 내 가족을 먹이고 있소. 나는 우리에게 우유를 주는 소 한 마리와 고기를 주는 양 몇 마리를 가지고 있소. 내 아들

중 하나는 어부여서 말린 물고기를 내게 주오. 내 아내들은 일년 내내 소금밭을 일궈 소금을 얻고 있소. 이 모든 식량이 풍부하기에 나는 배가 고파 내 집의 문을 두드리는 객들에게 문을 열어 줄 수 있소. 나는 이렇게 마련하는 식량들로, 환대의 신성한 의무를 다할 수 있었던 거요.

그런데 내가 땅콩 농사만 짓는다면, 누가 내 가족을 먹이겠소? 누가 내 집을 두드리는 객들에게 환대를 베풀 수 있겠소? 땅콩이 가져다줄 돈은 이 모두를 먹일 수 없을 것이오. 압두 티암, 대답해 보시오. 내가 당신의 가게에 먹을 것을 사러 가야만 하겠소? 압두 티암, 내 말은 당신 기분을 거스를 것이요. 하지만 마을의 대표는 자신의 개인적 이득에 앞서, 다른 모든 사람의 이해를 두루 살펴야 하는 것이오. 압두 티암, 당신과 나는 동등한 사람이요, 나는 어느 날 당신의 가게에 가서, 쌀이나 기름을 외상으로 달라고 구걸하고 싶지 않소. 나는 배가 고파 내 집의 문을 두드리는 여행객에게 나 역시 먹을 것이 없다는 이유로 문을 닫고 싶지도 않소.

압두 티암, 내 말은 당신 기분을 거스를 것이요. 하지만, 우리 모두 다 같이 마을 부근의 모든 밭에서 땅콩을 경작하게 되면, 그 가격은 내려갈 것이요. 우리의 수입은 점점 더 줄어들 거고, 그렇게 되면, 당신 역시 빚으로 살아야만 할 거요. 빚을 진 손님밖에 없는 가게는 그 또한 도매상에게 빚을 지게 되는 거지요.

압두 티암, 내 말은 당신 기분을 거스를 것이오. 나, 바시루 쿰바 니아이는, 우리가 "기근의 해"라고 부르는 그 해를 겪었소. 아마도 작고하신 당신의 조부께서 당신에게 말해주었을 것이오. 메뚜기 떼가 지나가고, 가뭄이 찾아들었던 해였소. 우물까지 다 말라버렸고, 북쪽으로부터 불어오는 먼지가 천지를 뒤덮던 해, 강물이 너무 낮게 흘러 우리의 밭에도 물을 댈 수 없었던 해였소. 나는 어린아이였으나, 분명히 기억하오. 만일 우리가 그 지옥 같던 가뭄을 견디던 시기 동안, 우리가 그동안 비축해 두었던 조와 팥, 양파, 마녹(Manioc)[17] 을 모두 다 같이 나눠 먹지 않았더라면, 그리고 우리가 우리의 우유와 양들을 나누지 않았더라면, 우린 모두 굶어 죽었을 것이오. 압두 티암, 땅콩은 그 시절에 우리를 구할 수 없었을 것이오. 땅콩 농사가 줄 돈도 우리 모두를 구할 수는 없었을 것이오. 그 악마의 가뭄을

---

17 말피기목 대극과에 속하는 식물로, "카사바"라고도 부르며, 긴 덩이줄기 모양의 뿌리를 식용으로 사용한다. 껍질은 갈색이고 속살은 흰색이며 일반 채소로 소비되거나 타피오카를 만드는 데 쓰인다. 극한의 기후에서도 생명력이 강해 땅속에서 오랫동안 살아남는다.

살아내기 위해, 우리는 이듬해를 위해 남겨두었어야 할 종자까지 분명 먹어 치워야 했을 테니 말이오. 우리는 우리의 땅콩을 자신들이 정한 가격에 매수한 그자들로부터 다시 빚을 얻어, 새 종자를 사야 했을 것이오. 그리고 바로 그때부터, 우리는 빚을 지고 헤어나기 힘든 가난 속에서 살아야만 했을 것이오! 바로 이 때문에, 압두 티암, 내가 하는 말이 당신 맘에 들지 않더라도, 나는 당신이 말하는 땅콩 농사에 "반대"하며, 땅콩이 줄 그 돈에 대해서도 "반대" 하오."

내 아버지의 연설은 압두 티암의 기분을 심하게 거슬렀고, 그는 몹시 화가 났다. 그러나 그는 그런 마음을 드러내지 않았다. 압두 티암은 내 아버지가 그를 나쁜 마을 대표였다고 말하게 되는 걸 원치 않았기 때문이다. 압두 티암은 그의 가게를 언급한 점을 몹시 불쾌하게 생각했다. 따라서, 자기 딸 파리와 바시루 쿰바 니아이의 아들을 결혼시킨다는 것은 상상조차 해 본 적이 없을 것이었다. 하지만 파리 티암은 다른 방식으로 우리의 결합을 실행했다. 그녀는 내가 프랑스로 전쟁에 나가기 전날 밤, 작은 흑단 나무 숲속에서 나를 허락해 준 것이다. 파리는 딱히 명예랄 것도 없는 제 아버지의 명예보다 날 더 사랑했다.

xx

내가 프랑수아 박사에게 그려 보였던 세 번째 그림은 나의 일곱 개의 손들이었다. 내가 그 손들을 잘랐을 때 당시의 모습을 제대로 다시 보기 위해 나는 그것들을 그렸다. 어떻게 빛과 그림자, 종이와 연필이 그 손들의 모습을 내게 다시 구현해 줄지 몹시 궁금했다. 그것이 내 어머니와 마뎀바의 얼굴처럼 내 눈앞에서 다시 살아날 수 있을지 알고 싶었다. 결과는 내 기대를 넘어섰다. 신의 진실로 말하노니, 일곱 개의 손을 그렸을 때, 나는 죽어 가는 자의 팔로부터 내 가지 치는 칼로 절단하기 직전까지 그 손들이 쥐고 있던, 총에 기름칠하고, 총알을 장전하고, 발사하는 모습들을 눈앞에서 보는 듯했다. 나는 그 손들을 마드모아젤 프랑수아가 가져다준 커다란 흰 종이 위에 차곡차곡 그려 나갔다. 심지어 손등에 나 있던 털, 검은 손톱, 적당히 성공적으로 잘린 손목까지 정성을 다해 그렸다.

   나는 내가 그린 그림이 매우 만족스러웠다. 내겐 더 이상 그 일곱 개의 손이 없다는 사실을 말해야 할 것 같다. 나는 그것들을 없애버리는 편이 더 현명한 처사라고 생각했다. 이후, 프랑수아 박사는 내 머릿속에 남아있던 전쟁의 때들을 씻어 내기 시작했다. 내 일곱 개의 손, 그것은 분노였고, 복수였으며, 전쟁의 광기였다. 나는 더 이상 전쟁의 분노와 광기를 보고 싶지 않았다. 나의 상사인 대위가 참호 속에서 더 이상 내 일곱 개의 손을 보는 것을 견딜 수 없었던 것처럼 말이다. 그래서 나는 그 손들을 어느 날 밤, 땅에 묻기로 결심했다. 신의 진실로 말하노니, 나는 그것을 매장하기 위해 보름달이 밝을 때까지 기다렸다. 나는 안다. 그것을 보름달이 뜨는 날 밤에 매장해선 안 된다는 것을 나는 알고 있었다. 신의 진실로 말하노니, 내가 손들을 매장하기 위해 땅을 파고 있는 모습을 우리 요양원 서관으로부터 볼 수 있다는 사실을 난 알고 있었다. 그러나 나는 어느 편에도 속하지 않는 땅에서 내게 처형당한 자들의 손에 대한 장례를 보름달 아래서 치르는 것이 마땅하다 생각했다. 달은 나를 그들의 눈으로부터 가리기 위해 숨어 있었다. 그들은 어느 편에도 속하지 않는 땅의 짙은 어둠 속에서 죽어갔다. 그들은 마지막 순간에나마 약간의 빛을 누릴 자격이 있다.

나는 안다. 나는 내가 그리하지 말았어야 한다는 걸 알고 있다. 내가 그 손들을 가지런히 상자에 넣고, 신비로운 자물쇠로 잠근 후, 매장하기를 마쳤을 때, 요양소로 돌아오는 길에서 한 점의 그림자가 요양원 서관 커다란 창문 뒤로 미끄러지듯 사라지는 모습을 보았다. 나는 안다. 요양원에 있는 누군가가 내 비밀을 발견하고 놀랐을 거란 사실을 알고 있었다. 누군가가 내 행동을 폭로할지 몰라 손 그림을 그리기까지 며칠을 더 기다렸다. 그러나 아무도 그 사실을 거론하지 않았다. 하여 신비한 물이 담긴 커다란 양동이에 내 머릿속을 다 씻어버리고자 나는 일곱 개의 손을 그렸다. 그것들을 내 머리에서 쫓아내기 위해서라도 난 그 그림을 프랑수아 박사에게 보여줘야만 했다.

일곱 개의 손들은 말했다. 그 손들은 판사 앞에서 모든 것을 자백했다. 신의 진실로 말하노니, 나는 안다. 나는 내 그림이 내 행위를 고발했다는 사실을 알고 있다. 프랑수아 박사는, 그 그림을 보고 난 뒤, 더 이상 나에게 전처럼 미소 짓지 않았다.

5부

나의 이름은

XXI

나는 어디 있나? 나는 먼 곳에서 온 듯 하다. 나는 누구인가? 나는 그것을 아직 모른다. 어둠이 나를 감싸고 있다. 아무것도 볼 수가 없다. 그러나 조금씩 온기가 내게 생명을 전하고 있음을 느낀다. 나는 내 것이 아닌 눈을 뜨려고 애쓴다. 내게 속하지 않는, 그러나 잠시 후면 내 것이 될 팔들을 움직이려 애쓴다. 난 그것을 미리 느낄 수 있다.

내 다리들은 여기 있다… 아, 내 몸에 관한 꿈에서 뭔가 느껴진다. 내가 어디서 왔는지. 맹세컨대, 모든 것이 부동의 상태다. 내가 떠나온 그곳엔 사람들에게 몸이 없다. 그러나 지금, 어디에도 있지 않았던 나는 살아있음을 느낀다. 나는 다시 태어나고 있음을 느낀다. 붉고 따뜻한 피가 감돌며 나를 감싸고 있는 내 살을 느낀다. 내 배와 가슴으로 다가오는 또 다른 몸을 느낀다. 이 몸은 내 몸속에 온기를 전하며 움직이고 있다. 내 피부가 따뜻해지는 것을 느낀다. 내가 떠나온 그곳엔 온기가 없다. 내가 떠나온 그곳엔 맹세컨대, 이름이 없다. 난 아직 내 것이 아닌 눈꺼풀을 열어보려 한다. 나는 내가 누구인지 모른다. 내 이름은 여전히 나를 비켜 간다. 하지만 난 곧 내 이름을 기억해 낼 것이다. 아, 내 몸 아래 있던 또 다른 몸이 더 이상 움직이지 않는다. 내 몸 아래서 움직이지 않고 있는 몸의 온기를 느낀다. 아, 손들이 내 등을 만지고 있다. 아직 온전히 내 것이 아닌 등, 여전히 내 것이 아닌 허리, 내 것이 아닌 목덜미를. 나를 만지고 있는 이 부드러운 손들 덕에 내 육체는 내 것이 되어가고 있다. 아, 손들이 순간, 내 등을, 허리를 두드린다. 내 목덜미를 할퀸다. 이 할큄 속에서, 아직 내 것이 아니었던 몸은 내 것이 된다. 맹세컨대, 무(無)로부터 탈출하는 것은 유쾌한 일이다. 맹세컨대, 난 존재하지 않은 채로 거기 있었다.

 드디어 내 몸을 찾았다. 처음으로 여성의 몸속에 사정했다. 맹세컨대, 이번이 처음이다. 맹세컨대, 이건 너무너무 기분 좋은 일이다. 지금까진 한 번도 여성의 몸속에 사정해 본 적 없었다. 나에겐 몸이 없었으니까. 아주 아주 먼 곳에서 다가온 목소리가 내게 이렇게 말한다. "손으로 하는 것보다 훨씬 좋지 않니!" 이 먼 곳에서 온 목소리는 내 머릿속에서 속삭였다. "새벽의 침묵 속에서 터지며, 네 깊숙한 곳을 전복시키는 첫 번째 포탄처럼 강렬하지." 먼 곳에서 온 목소리는 내게 다시 이렇게 말했다. "그보다 더 좋은 것은 세상에 없지." 나는 안다. 먼 곳에서 내게 온 이 목소리가 내게 이름을 줄 것을 알고 있다. 나는 안다. 난 알고 있다. 이 목소리가 나에게 곧 새로운 이름을 줄 거란 사실을.

내게 이 같은 몸의 즐거움을 선사한 여성은 내 아래 있다. 그녀는 움직이지 않으며, 눈은 감고 있다. 맹세컨대, 난 그녀를 모른다. 한 번도 본 적이 없다. 내게 자신의 몸을 건네며 내 눈을 밝혀 준 사람은 그녀였다. 맹세컨대, 나는 내 것이 아닌 눈으로 보았고, 내 것이 아닌 손으로 만졌다. 믿을 수 없는 일이다. 하지만 맹세컨대, 이것은 진실이다. 멀리서 다가온 목소리가 그렇게 부른 것처럼, 내 몸의 안과 밖이 낯선 여성의 몸속에 있었다. 나는 내 몸을 위에서 아래로 조이고 있는 그녀 몸 안의 온기를 느낄 수 있었다. 맹세컨대, 내가 이 낯선 여인의 몸속에 거한 이후부터, 나는 내 몸을 살고 있는 느낌이다. 그녀는 내 아래 있다. 그녀는 움직이지 않는다. 그녀는 눈을 감고 있다. 나는 그녀가 누구인지 모른다. 맹세컨대, 나는 왜 그녀가 내 몸을 자신의 몸속에 받아들였는지 알지 못한다. 알지 못하는 여성 위에 누워있는 자신을 발견한다는 것은 놀라운 일이다. 자기 몸을 낯설게 느낀다는 것 역시 놀라운 일이다.

난 처음으로 내 손을 본다. 내 손을 움직여 본다. 나는 내가 누워있는 여성의 머리 양쪽으로 손을 내려 놓는다. 그녀는 눈을 감고 있다. 난 팔꿈치에 기대어 있다. 그녀의 가슴이 내 가슴을 스치는 것이 느껴진다. 내 두 손이 그녀의 머리 근처에서 움직이는 것을 관찰할 수 있다. 난 내 손이 이렇게 크다고 상상하지 못했다. 맹세컨대, 나는 내 손이 훨씬 작고, 내 손가락은 훨씬 가늘다고 믿었다. 왜인지 모르겠으나, 이 순간, 나는 아주 아주 커져 있는 내 손을 발견한다. 우습게도, 내 손가락을 접을 때, 주먹을 쥐었다 펼 때, 나는 격투사의 손을 발견한다. 맹세컨대, 내가 떠나온 그곳에서 나는 격투사의 손을 가졌던 것 같지 않다. 멀리서 온 작은 목소리가 내 귓가에 대고, 내가 전엔 격투사의 손을 가졌었다 말해주었다. 놀라운 일이다. 내 몸의 다른 부분들 역시 격투사의 몸인지 확인해 보아야 한다. 내 것이 아니었던 내 몸의 상태가 내 것과 같은 것인지 확인해야 한다. 내 아래에 있는 이 낯선 여인의 몸으로부터 내 몸을 분리해야 한다. 그녀는 잠들어 있는 것처럼 보인다. 그녀는 아름다워 보이는데 나는 그녀를 그다지 쳐다보지 않는다. 먼저 나는, 멀리서 온 목소리가 말해주듯, 내 몸이 격투사의 몸인지 확인해 봐야 한다.

　나는 내 아래 누워 눈을 감고 있는 이 아름다운 여인으로부터 몸을 일으켰다. 우리 두 몸이 서로 분리되는 소리를 듣는 것은 야릇했다. 난 웃고 싶었다. 그것은 손가락 빠는 것을 금지당한 아이가, 엄마가 나타나자 재빨리 입에서 손가락을 꺼낼 때 나는 듯한 작고 촉촉한 소리였다. 멀리서 다가온 이 상상의 장면은 머릿속에서 날 웃게 만들었다. 낯선 여성 옆에 누워있는 자신을 발견하는 것도 우스운 일이다. 내 몸이 내 손처럼 격투사의 것인지 확인하려 하는데 내 심장이 이렇게 뛴다는 것도 우스운 일이다. 나는 두 팔을 흰 방의 천정을 향해 쭉 뻗어 올렸다. 내 두 팔은 맹세컨대, 오래된 망고나무의 두 줄기 같았다. 나는 내 팔을 몸을 따라 내려놓았다. 나는 내 두 다리를 흰 방의 천정을 향해 곧바로 들어 올렸다. 맹세컨대, 내 다리는 바오밥 나무의 줄기 같았다. 나는 내 두 다리를 침대 위로 쭉 뻗어 보았다. 격투사의 온전한 몸속에 있는 나를 발견한다는 건 재미있는 일이다. 이토록 훌륭한 신체 조건을 갖고 세상에 온 것도 흥미로운 일이다. 이렇게 넘치는 체력을 가진 자신을 발견한다는 것도 재미있는 일이다. 맹세컨대, 나는 낯선 이가 두렵지 않다. 나는 진정한 격투사답게 아무것도 두렵지 않다. 왜소한 몸을 가지고 못난 여성 옆에 태어나기보다, 이렇게 멋진 격투사의 몸을 가지고 아름다운 여인 옆에서 태어났다는 것도 흥미진진한 일이다.

난 낯선 이가 두렵지 않다. 맹세컨대, 나는 내 이름을 알지 못할까 봐 두렵지 않다. 내 몸이 내가 격투사라고 말하고 있으니 그걸로 충분하다. 내가 어디 있는지, 굳이 알 필요가 없다. 내 몸으로 충분하다. 내 새로운 몸의 체력을 확인한 이상 더 필요한 것은 없다. 난 다시 한번 오래된 망고나무의 줄기처럼 두툼한 내 두 팔을 흰 방의 천정을 향해 쭉 뻗어 본다. 내 손들은 내가 생각했던 것 보다 내 어깨로부터 더 멀리 있다. 주먹을 쥐어 본다. 그리고 펼쳐 본다. 다시 주먹을 쥐었다 펼쳐 본다. 내 팔은 내가 생각했던 것보다 훨씬 무겁다. 내 팔들은 어느 순간이든 폭발할 수 있는 것처럼 보이는 힘을 가득 장전하고 있다. 나는 낯선 이가 두렵지 않다.

XXII

고마워요, 마드모아젤 프랑수아! 신의 진실로 말하노니, 나는 실수하지 않았다. 내가 불어를 이해하진 않지만, 나는 안다. 내 몸의 한 가운데를 집중하던 마드모아젤 프랑수아의 시선이 무엇을 의미하는지 나는 알고 있다. 마드모아젤 프랑수아는 눈으로 말하는 데 탁월했다. 그녀의 눈은, 그녀의 두 눈이 내 몸의 한가운데를 스치던 그날 밤, 내가 자신의 방으로 와야 한다고 말하고 있었다.

그녀의 방은 흰색으로 칠해진 복도 끝에 있었다. 창 너머로 비치는 달빛 아래, 복도는 눈이 부실 만큼 빛나는 흰 빛으로 가득 차 있었다. 나는 그녀의 방 창문으로 조용히 들어갔다. 프랑수아 박사가 내가 자기 딸을 만난다는 사실을 알아서는 안 된다. 요양원의 서관을 지키는 경비원이 나를 알아봐서도 안 된다. 그녀의 방문은 열려있었다. 내가 들어갔을 때, 마드모아젤 프랑수아는 자고 있었다. 나는 그녀 옆에 나란히 누웠다. 마드모아젤 프랑수아가 잠에서 깨자 소리를 질렀다. 그녀는 내가 아닌 다른 사람이 옆에 있다고 생각했다. 나는 왼손으로 그녀의 입술을 막았다. 그녀는 몸부림쳤다. 하지만, 대위가 내게 말했듯이, 나에겐 자연의 힘이 있었다. 나는 그녀가 더 이상 움직이지 않을 때까지 기다렸다가 내 손을 그녀의 입술에서 떼어냈다. 그러자 마드모아젤 프랑수아는 내게 미소 지었다. 나도 그녀에게 미소 지었다. 고마워요 마드모아젤 프랑수아, 나를 당신의 내부 깊숙한 곳에서 멀지 않은 작은 틈 속으로 맞이해 줘서. 신의 진실로 말하노니, 전쟁 만세다! 신의 진실로 말하노니, 나는 그녀의 몸속으로 뛰어 들어갔다. 마치 격렬한 수영으로 강한 물살의 강물을 가로지르려 뛰어들 때처럼. 신의 진실로 말하노니, 내 몸은 힘차게 그녀의 몸 위에서 출렁거렸다. 신의 진실로 말하노니, 나는 갑자기 내 입에서 피 맛을 느꼈다. 신의 진실로 말하노니, 나는 왜 그랬는지 알 수 없었다.

XXIII

 그들은 내게 이름을 물었다. 하지만 나는 그들이 내 이름을 알려 주길 기다렸다. 맹세컨대, 나는 아직 내가 누군지 모른다. 내가 말할 수 있는 것은 오직 내가 어떻게 느끼고 있는가에 대해서다. 오래된 망고나무 줄기 같은 내 팔과, 바오밥 나무의 줄기 같은 내 다리를 보건대, 나는 대단한 삶의 파괴자일 거라는 생각이 든다. 맹세컨대, 아무도 나에게 대적할 수 없을 것 같은 느낌이고, 내가 불멸의 존재로 느껴지며, 바위를 내 팔뚝으로 꽉 안는 순간, 그것을 가루로 만들어 버릴 수도 있을 것 같다. 맹세컨대, 내가 느끼는 것은 단순히 말로 표현하기 힘들다. 존재하는 단어들로는 충분치가 않다. 그러니 내가 말하고자 하는 것과 다소 거리가 있는 단어들을 사용해 말하더라도 양해해 주기 바란다. 그 단어들이 일반적으로 가진 의미에도 불구하고, 그런 방식을 통해 우연히라도, 내가 느끼는 것을 전달할 수 있기 때문이다. 현재로서 나는 내 몸이 느끼는 바일 뿐이다. 내 몸은 내 입으로 말하고자 한다. 나는 내가 누구인지 모르나, 내 몸이 나에 대해 말할 수 있는 것이 무엇인지는 안다. 육중한 내 몸과 넘치는 힘은 다른 사람들이 보기에, 싸움, 전투, 전쟁, 폭력 그리고 죽음만을 의미할 뿐이다. 내 몸은 나를 고발한다. 그런데 왜 나의 육중한 신체로부터 흘러넘치는 이 힘이 정녕 평화와 안정, 평온을 의미할 순 없는 것일까?

먼, 아주 아주 먼 곳으로부터 온 작은 목소리가 내게 말했다. 내 몸은 격투사의 몸이라고. 맹세컨대, 나는 이전 세상에서 단 한 명의 격투사를 알고 있었다. 나는 그의 이름을 기억하지 못한다. 내가 누군지 모른 채 내가 머물던 그 단단한 육체는 어쩌면 그의 것인지도 모르겠다. 어쩌면, 그는 우정의 뜻에서, 아니면 동정하는 마음에서 내게 자신의 육체를 남겨 두고 떠났는지도 모르겠다. 먼 곳으로부터 온 작은 목소리가 내 머릿속에서 속삭여 준 말이었다.

XXIV

"나는 바위와 산, 숲, 강, 짐승의 살, 인간의 살을 삼키는 어둠입니다. 나는 털을 뽑고, 두개골과 몸속을 비웁니다. 나는 팔과 다리, 손을 잘라냅니다. 나는 뼈를 부러뜨리고, 그들의 골수를 들이마십니다. 그러나 나는 또한 강 위에 떠 있는 붉은 달입니다. 나는 아카시아의 부드러운 잎을 흔드는 밤의 공기입니다. 나는 말벌이자 꽃이기도 합니다. 나는 펄떡이는 물고기인 동시에, 조용히 멈춰 있는 카누이기도 하며, 그물인 동시에 어부이기도 합니다. 나는 죄인이자 간수입니다. 나는 나무이자 그 나무를 있게 한 씨앗입니다. 나는 아버지이고 또 아들이며, 살인자이자 판사입니다. 나는 종자이며 동시에 열매입니다. 나는 어머니이자 딸이며, 밤이자 낮입니다. 나는 불이자 불을 삼키는 나무입니다. 나는 무죄인 동시에 유죄입니다. 나는 시작인 동시에 끝입니다. 나는 창조자인 동시에 파괴자입니다. 나는 이중적입니다"

    번역한다는 것은, 결코 간단한 일이 아니다. 번역한다는 것은 경계에 서서 배신하는 것이다. 속이는 것이다. 한 문장을 다른 문장으로 바꾸기 위한 흥정이다. 번역은 총체적 진실을 전하기 위해 디테일에서 거짓말을 해야만 하는 유일한 인간의 활동이다. 번역한다는 것은 말이 담고 있는 진실이 한 갈래가 아니라, 두 갈래, 심지어 세 갈래, 네 갈래 혹은 다섯 갈래일 수도 있다는 사실을 타인들보다 잘 이해한다는 이유로 위험을 감수하는 것이다. 번역한다는 것은 신의 진실로부터 멀어진다는 것이다. 모두가 알고 있듯 혹은 안다고 믿고 있듯, 신의 진실은 하나이기 때문이다.

    "지금 뭐라고 말한 거지? 그들은 모두 자문한다. 이것은 기다렸던 답변이 아닌 듯싶다. 기다렸던 답변은 두 단어 혹은 최대 세 단어를 넘으면 안 된다. 모든 사람에겐 하나의 성과 하나의 이름이 주어져 있다. 많아야 최대 두 개의 이름을 가지는 정도다."

　통역자는 주저하는 것처럼 보였다. 자신에게 쏟아지는 엄중한 시선들에 주눅 들고, 걱정과 분노에 사로잡혀 있는 듯 보였다. 그는 마른기침을 내뱉더니, 제복을 입은 자들을 향해, 거의 들리지 않는 작은 목소리로 이렇게 답했다.

　"그는 자신이 죽음이자 동시에 삶이었다고 말했습니다."

XXV

나는 이제 내가 누군지 알 것 같다. 맹세컨대, 신의 진실로 말하노니, 아주 먼 곳으로부터 온 작은 목소리가 내가 누군지 추측하게 해줬다. 그 작은 목소리는 내 몸이 나에 대한 모든 것을 다 드러내 줄 수는 없다고 느꼈다. 맹세컨대, 아무런 흉터도 없는 내 몸은 미스터리다. 격투사와 전사들은 모두 흉터를 지니고 있다. 맹세컨대, 신의 진실로 말하노니, 흉터를 지니지 않은 전사의 몸은 정상적인 몸이 아니다. 이것은 내 몸이 자신의 이야기를 들려줄 수 없다는 것을 의미한다. 아주 아주 먼 곳으로부터 온 작은 목소리가 내게 들려준 바에 따르면, 이는 또한 내 몸이 악마(dëmm)의 몸이라는 사실을 뜻하는 것이라고 한다.

영혼의 포식자는 자기 몸에 흉터를 남기지 않는 행운을 가지고 있다.

이 대목에서, 모든 사람이 다 아는 한 왕자에 관한 옛날이야기가 떠오른다. 어느 나라에 거만한 왕과 그의 딸이 살았는데, 이 공주가 몹시도 까탈스럽다는 소문이 자자했다. 그런데 어느 날, 어디선가 갑자기 튀어나온 왕자가 거만한 왕의 까탈스러운 딸과 결혼하게 된다는 이야기다. 아주 아주 먼 곳에서 온 작은 목소리는 내 머릿속에서 그 이야기를 상기시켜 주었다. 거만한 왕의 변덕스러운 딸은 몸에 아무런 흉터가 없는 남자, 사연 없는 남자를 원했다.

관목숲에서 바로 튀어나와 공주와 결혼한 남자는 어떤 흉터도 갖고 있지 않았다. 그 왕자는 수려한 외모를 가진 완벽한 왕자였고, 변덕스럽던 공주는 그를 마음에 쏙 들어 했다. 그런데 그녀의 보모는 왕자를 마음에 들어 하지 않았다. 까탈스러운 공주의 유모는 그 완벽한 외모의 왕자가 사실은 마법사라는 사실을 첫눈에 알아봤다. 그녀가 그 사실을 알게 된 건, 그의 몸에 아무런 흉터가 없었기 때문이다. 왕자들은, 격투사들과 마찬가지로 언제나 몸에 흉터가 있다. 그들의 흉터가 바로 그들의 삶을 이야기 해 준다. 왕자들은 격투사들이 그러하듯, 적어도 하나의 흉터가 필요하다. 그래야 다른 사람들이 그에 대하여 엄청난 서사를 지어낼 수 있다. 흉터가 없을진대 영웅적 서사도 없는 것이다. 흉터가 없다면 위대한 이름도 가질 수 없다. 흉터가 없다면 유명한 인물도 될 수 없다. 바로 이것이 내 머릿속 작은 목소리가 직접 나서게 된 이유이며, 이 작은 목소리가 내게 내 이름을 추측하게 만든 이유이다. 내가 기거하고 있는 내 몸, 누군가 내게 빌려준 그 몸은 어떤 흉터도 갖고 있지 않았기 때문이다.

까탈스러운 공주의 유모는 흉터 없는 남자가 차마 입에 담기 어려운 인물이라는 사실을 알았다. 유모는 공주에게 그녀가 처한 위험에 대해 경고했다. 그러나 허사였다. 까탈스러운 공주는 자기 남자가 흉터도 사연도 없는 존재이길 바랐다. 하여 유모는 까탈스러운 공주에게 세 개의 부적을 주었다. "여기 달걀 하나, 나무토막 하나, 돌멩이 하나가 있습니다. 공주님께서 큰 위험에 닥치게 되는 날, 이것들을 차례로 왼쪽 어깨 위로 던지세요. 그것들이 공주님을 구할 것입니다."

관목숲에서 막 튀어나온, 수려한 외모를 가진 왕자와의 결혼식이 끝난 후, 공주가 남편의 왕국으로 떠나야 할 시간이 되었다. 그러나 남편의 왕국은 미지의 나라였다. 까탈스러운 공주가 자신의 마을로부터 멀어질수록, 남편의 호위대는 줄어들었다. 마치 관목숲이 그들을 삼켜버리는 것 같았다. 각각의 호위대는 본래의 모습으로 되돌아갔다. 산토끼, 코끼리, 하이에나, 공작, 검은 뱀, 혹은 초록 뱀, 왕관 두루미, 쇠똥을 먹는 수탉까지. 그 왕자, 완벽한 외모를 지닌 그녀의 남편은 유모의 추측대로 마법사였던 것이다. 그는 관목 숲의 한 버려진 동굴 속에 오랫동안 노예로 갇혀 지내던 마법사로 둔갑한 사자였다.

공주는 자기에게 이 모든 것을 예견한, 보모의 현명한 조언을 듣지 않은 것을 쓰라리게 후회했다. 까탈스러운 공주는 어딘지 알 수 없는 곳에 놓여 있었다. 그녀는 모래가 모래를 닮았고, 관목은 관목을 닮았으며, 하늘은 하늘을 닮은, 모든 것이 혼란스러운 곳, 땅마저 특별한 상처를 지니지 않은 곳, 땅마저 어떤 사연도 지니지 않은 곳에 있었다.

하여 틈만 나면, 까탈스러운 공주는 도망을 시도했다. 그러나 마법사-사자는 곧바로 그녀를 추격했다. 마법사-사자는 자신이 공주를 잃으면, 자신이 가진 유일한 이야기를 잃게 된다는 것을 알고 있었다. 그는 자신의 의미를 잃게 될 것이며, 그는 마법사-사자라는 자신의 정체성까지도 잃게 될 것이었다. 공주가 도망치면, 그 땅은 다시는 누구의 땅도 되지 않을 것이다. 자신의 까탈로 땅을 일깨운 것은 바로 공주였기 때문이다. 그의 땅은 공주가 동굴이자 왕국으로 귀환할 때만 다시 깨어날 것이다. 마법사-사자의 삶 자체가 까탈스러운 공주의 눈과 귀, 그리고 입에 달려있었다. 그녀가 없이는 어떤 상처도 없는 그의 완벽한 아름다움은 보이지 않을 터이니. 공주의 존재가 없으면, 그의 포효는 들리지 않을 것이며, 그녀의 목소리가 없다면, 그의 왕국은 세상에서 사라져 버릴 것이다.

처음 그가 달아나는 공주를 잡기 직전이었을 때, 그녀는 자신의 왼쪽 어깨 위로 유모가 준 달걀을 던졌다, 그러자 그것은 커다란 강물이 되었다. 까탈스러운 공주는 이제 안전하게 도망쳤다고 생각했다. 그러나 마법사-사자는 모든 강물을 물리치고 그녀를 쫓아왔다. 두 번째로 그가 그녀를 따라잡았을 때, 그녀는 왼쪽 어깨 위로 유모가 준 나무 막대를 던져 올렸다. 그러자 그것은 뚫고 지나갈 수 없는 숲이 되었다. 그러나 마법사-사자는 그것들을 모두 베어버리고, 뿌리 뽑아 버렸다. 마법사-사자가 세 번째로 그녀를 따라잡게 되었을 때, 까탈스러운 공주는 자신의 마지막 부적인 작은 돌멩이를 왼쪽 어깨 너머로 던졌다. 그러자 그 돌은 커다란 산으로 변했다. 마법사-사자는 그 산을 단숨에 기어오르며 질주했다. 이 신비로운 마지막 장애물에도 불구하고, 마법사-사자는 그녀를 다시 거의 따라잡았다. 그녀는 멀리 있던 위험이 생각보다 빨리 닥쳐올까 두려워하며 차마 뒤돌아보지 못했다. 그녀는 그의 발소리가 땅을 구르는 듯한 소리를 들었다. 반인반수의 존재는 두 발로 뛰는가 아니면 네 발로? 그녀는 야수의 헐떡이는 소리를 들은 듯했다. 이 믿을 수 없는 일이 벌어지고 있을 때, 그녀는 이미 강의 냄새를, 숲과 산, 맹수와 인간의 냄새를 느끼고 있었다. 그런데 갑자기 활과 화살을 지닌 한 사냥꾼이 어디선가 튀어나왔다. 까탈스러운 공주를 향해 뛰어오르던 마법사-사자는 심장에 화살을 맞고 죽었다. 그것은 마법사-사자의 처음이자, 마지막 상처였다. 바로 이 상처 덕에 우리는 그의 이야기를 할 수 있게 되었다.

　마법사-사자가 노란 먼지구름을 일으키며 쓰러졌을 때, 덤불 깊은 곳에서 큰 소리가 들렸다. 천지가 진동했고, 빛이 흔들렸다. 동굴 왕국, 땅속에 있던 그 왕국은 햇빛 아래로 치솟았다. 높은 절벽은 굉음과 함께 마법사-사자의 형언하기 힘든 왕국의 심장을 부서뜨렸다. 모든 사람이 하늘로 솟아오른 절벽을 볼 수 있었다. 동굴 왕국은 그때부터 높이 솟아오른 땅의 상처로 인해 드러나게 되었다. 바로 그 상처 덕에 사람들은 그 왕국의 역사를 말할 수 있게 되었다.

공주를 구한 사냥꾼은 세 개의 부적을 주었던 유모의 외아들이었다. 못생겼고 가난했던 그 사냥꾼은 까탈스러운 공주를 구했다. 그의 용기에 대한 보상으로, 오만한 왕은 자신의 까탈스러운 딸과 몸에 상처가 가득한 그 사냥꾼을 결혼시켰다. 그는 이야기를 생겨나게 하는 인물이었다.

맹세컨대, 난 이 마법사-사자의 이야기를 전쟁터로 떠나기 직전에 들었다. 이 이야기는 모든 흥미로운 이야기들이 그러하듯 수많은 지혜를 담고 있다. 이 마법사-사자와 까탈스러운 공주 이야기처럼 널리 알려진 얘기를 전하는 사람은 또 다른 이야기를 그 속에 끼워 넣을 수 있다. 잘 알려진 이야기 뒤에 감춰둔 얘기가 보이게 하려면, 아주 조금 존재를 드러내야 한다. 감춰둔 이야기가 잘 알려진 이야기 뒤에 너무 잘 숨겨져 있으면, 그 이야기는 보이지 않는다. 가려진 이야기는 존재하지 않는 듯 존재해야 한다. 그 이야기는 소녀의 아름다운 몸의 곡선을 상상케 하는 몸에 붙는 겨자색 옷처럼 추측할 수 있어야 한다. 그것은 내면이 비치게 해야 한다. 그 이야기가 그것이 목적한 대상에 가 닿아 이해되었을 때, 알려진 이야기 뒤에 감춰진 이야기는 그것을 이해한 사람들의 인생의 방향을 바꿀 수 있다. 그 이야기는 이야기꾼의 의도와 무관하게, 망설임이라는 병으로부터 그들을 구할 수 있는 것이다.

맹세컨대, 나는 마법사-사자의 이야기를 흰 모래 위에 펼쳐 놓은 돗자리 위, 오래된 망고나무의 낮게 드리워진 가지 아래에서 내 또래 청년들과 함께 앉아서 들었다.

맹세컨대, 그날 밤, 흉터 없는 마법사-사자의 이야기를 들은 다른 이들과 마찬가지로, 파리 티암은 그 이야기를 자신을 위한 것으로 받아들였다는 것을 난 알았다. 파리 티암이 일어나 우리만의 시간을 가지려 할 때 나는 그것을 알아차렸다. 파리는 사람들이 그녀를 까탈스러운 공주로 보는 것을 괘념치 않았다. 난 안다. 그녀가 마법사-사자를 원한다는 것을 알고 있었다. 알파 니아이, 내 영혼의 형제이자 사자의 토템을 가진 사내가 파리 뒤를 따라 일어섰을 때, 나는 알았다. 나는 그가 그녀와 함께하기 위해 관목 숲으로 그녀를 따라가려 한다는 것을 알고 있었다. 나는 안다. 나는 알파와 파리가 불의 강가에서 멀지 않은 작은 흑단 나무숲에서 만났다는 것을 알고 있었다. 파리는 우리 두 사람이 프랑스로 전쟁을 하러 떠나기 전날 밤, 자신을 알파에게 허락했다. 나는 안다. 나, 알파의 영혼의 형제는 거기에 존재하지 않으면서 존재했기 때문이다.

지금 내가 깊이 생각하는 것은 이제 나는 나 자신으로 돌아가야 한다는 것이다. 신의 진실로 말하노니, 나는 안다. 나는 알파가 격투사인 자신의 몸속에 우정으로 내 자리를 배려해 주었다는 것을 알고 있다. 나는 안다. 알파는 내가 죽던 그날, 어느 편에도 속하지 않는 땅 저 깊은 곳에서, 내가 그에게 보낸 첫 번째 소원을 들어주었다는 걸 나는 알고 있다. 나는 어딘지 알 수 없는 땅 밑에서 혼자 있고 싶지 않았기 때문이다. 신의 진실로 말하노니, 맹세컨대, 내가 우리에 대해 생각하고 있는 지금, 그는 나이고, 나는 그이다.

옮긴이의 말

낯선 시선으로 전쟁의 본질을 일깨우는 마술적 서사

"지금도 전쟁을 하는 나라가 있어?"

딸아이가 막 글을 읽기 시작할 무렵, 이렇게 물은 적이 있다. 전쟁은 책 속에서나 볼 수 있는, 인류가 미개했던 시절에 하던 짓인 줄 알았던 모양이다. 그렇다고 하자, "서로 찌르고 쏘면서 죽이는 그런 전쟁을 아직도 한다구?" 아이는 다그쳐 물었다. 그 질문은 나를 벌거벗은 야만의 현실 앞에 서게 했다.

왜 인류는? 전쟁을 하는가.

문명사회의 이름으로 사형제와 노예제를 폐지하지만, 또 다른 문명은 최신 무기 개발을 위해 작동하고, 최정예 엘리트부대를 훈련시키며, 때가 되면, 개발된 무기는 그 성능을 입증해야 하는 날이 온다. 전쟁에 대한 동기는, 그 욕망은 왜 소멸하지 않고 기어이 주기적으로 발현되는 걸까?

책을 번역하는 동안, 낯선 청년의 몸속에 들어가 하나의 전쟁을 응시했다. 한오라기의 민족주의도 걸치지 않고, 그 어떤 이념적 서사에도 물들지 않은, 바오밥처럼 압도적 육체를 지닌 주인공은 전쟁의 한복판으로 내 목덜미를 끌고 갔다. 질척한 어둠과 음울한 습기가 지배하는 그곳으로.

아프리카의 작은 시골 마을을 떠나, 넓은 세상으로 도약하고팠던 친구를 쫓아, 축축한 태양이 금속 빛 하늘에 떠 있는 땅에서 영문을 알 수 없는 전쟁에 던져진 세네갈 청년. 자기를 어서 쏴서 고통을 멈추게 해달라던 친구의 청을 끝내 거부하고, 잔인한 아픔 속에 죽어가게 한 후에야 그는 전쟁의 본질, 그 광기에 눈을 뜬다. 그때부터 그는 세상의 의무를 따르는 대신 "스스로 생각하기"를 결정한다.

세네갈 군인들에게 야만을 주문하며 독일군을 겁주려던 프랑스군을 향해, 그는 더 적나라한 야만을 시전하며 전쟁의 모순을 조롱한다. 전쟁 이외의 모든 것을 증오하며, 전쟁과의 정사를 방해하는 모든 것을 제거하는 그의 상사에게 그는 방해꾼이 되고, 그는 후방으로 보내진다. 거기서 그는 그림을 통해 내면에 응축돼있던 아픔과 그리움, 상처를 꺼내놓는다.

스무 살 청년의 삶을 채우던 슬프고도 아름답던 조각들은, 달빛 아래 펼쳐진 흑단 나무숲, 사슴과 사자의 눈을 동시에 가진 여인, 낮게 가지를 드리운 망고나무, 조용한 아침 카누 곁에서 찰랑이던 강물 소리, 기쁨이자 고통의 근원인 어머니를 통해 펼쳐진다.

전쟁의 광기에 포로가 되어 괴물이 되어가던 한 인간은 보송한 모래사장에 제 상처들을 꺼내놓으며 태양의 위로를 받는다. 고통은 증발하고, 전쟁의 독은 서서히 녹아내린다.

소설 속 전쟁이 1세기 전, 그 요란했던 세계대전이란 사실은 전투가 벌어지는 장소가 어디며, 왜 이 전쟁이 일어났는지를 아는 것과 마찬가지로 무의미하다. 세상의 모든 전쟁은, 어떤 어휘로 포장해도, 같은 본질을 지님을 작가는 말하고 있기 때문이다. 전쟁은 소수의 이익을 위해 절대다수가 희생하는 거대한 사기며, 기만으로 엮여진 덫에 빠진 자들에겐 광기가 엄습한다. 〈사기〉와 〈광기〉라는 전쟁의 두 가지 본질은 언제, 어디서 벌어진 전쟁이건 달라지지 않는다.

그러나 전선에 선 병사들은 그 자리에 올 이유를 조금씩 다른 이유를 가진다. 국가 권력의 강압에 의해, 조국을 지키기 위한 충정으로, 출세를 위해, 가족의 연금을 위해, 형제의 복수를 위해, 그들은 이 거대한 사업에 발을 딛는다. 학교에 간 적도, 글을 읽은 적도 없는 주인공은 전쟁을 둘러싼 어떤 거룩한 핑계에도 귀 기울인 바 없다. 그는 우정을 따라 전쟁에 나섰고, 전쟁이 그의 삶을 지탱해주던 우정을 앗아간 순간, 전쟁과 삶에 대해 깨달으며, 세상을 대하는 새로운 길로 접어든 것이다.

* * *

내가 사는 동네엔 서아프리카에서 온 청년들이 거주하고 있다. 종종 길가에 앉아 햇볕을 쬐거나, 먼 산을 보고 있는 그들과 마주친다. 소설에서 빠져나온 후, 허공을 응시하는 그들의 눈에서 전엔 보이지 않았던 이야기들이 읽힌다. "나는 당신이 떠나온 곳의 향긋한 밤공기를 맡은 적이 있다. 강을 지배하는 마메쿰바 방 여신을 알고 있다"고 말하고 싶어진다. 아프리카라는 대지의 여신으로부터 떨궈져 나와 회색빛 하늘 아래 유럽 땅에 떨어진 순간, 그들은 또 다른 전쟁터에 던져진 병정들이다. 전쟁이 만들어내는 상처의 골짜기에, 이야기는 보이지 않는 길을 사람들 사이에 내어준다. 그들을 향해 나직이 속삭여본다.

"나는 당신의 슬픈 눈빛의 근원을 알 듯 합니다."

2022년 6월 29일,
파리에서 목수정 씀.

역자 목수정

재불 작가, 번역가.
지은 책으로 〈밥상의 말〉, 〈칼리의 프랑스 학교 이야기〉, 〈야성의 사랑학〉, 〈뼛속까지 자유롭고 치맛속까지 정치적인〉 등이 있고, 번역한 책으로 〈페미니즘들의 세계사〉, 〈에코사이드〉, 〈자발적 복종〉, 〈멈추지 말고 진보하라〉 등이 있다.

밤에는 모든 피가 검다

초판 1쇄 발행 2022년 7월 4일

지은이 다비드 디옵
옮긴이 목수정
발행인 김희영
펴낸곳 희담

디자인 신미연
인쇄 갑우문화사

등록 제396-2014-000130호
주소 10401 경기도 고양시 일산동구 무궁화로 93번길 23
도서문 031-811-7721 / 팩스 031-811-7721
전자우편 mignon5@naver.com
블로그 http://blog.naver.com/heedampublisher
ISBN 979-11-958794-3-4 03860

이 도서의 국립중앙도서관 출판예정도서목록(CIP)은
서지정보유통지원시스템 홈페이지(http://seoji.nl.go.kr)와
국가자료종합목록시스템(http://www.nl.go.kr/kolisnet)에서
이용하실 수 있습니다. (CIP제어번호: CIP2019004232)

책값은 뒤표지에 있습니다.